Lowri Angel

Jacqueline Wilson

Addasiad Elin Meek

Lluniau gan Nick Sharratt

Gomer

I Elizabeth Sharma

Cyhoeddwyd ....gyda Doubleday,

adran o'r Random House Group Ltd.

Teitl gwreiddiol: *Vicky Angel*

Cyhoeddwyd yn Gymraeg yn 2011 gan
Wasg Gomer, Llandysul, Ceredigion, SA44 4JL.
www.gomer.co.uk

ISBN 978 1 84851 368 6

Dymuna'r cyhoeddwyr gydnabod cefnogaeth
Adrannau Cyngor Llyfrau Cymru.

Argraffwyd a rhwymwyd yng Nghymru gan
Wasg Gomer, Llandysul, Ceredigion.

Lowri yw fy ffrind gorau. Rydyn ni'n agosach na chwiorydd. 'Yr Efeilliaid' mae pawb yn ein galw ni yn yr ysgol oherwydd ein bod ni gyda'n gilydd bob amser. Rydyn ni wedi bod yn ffrindiau gorau ers i ni fod yn y cylch meithrin gyda'n gilydd. Mae'n debyg fy mod i wedi cropian at Lowri oedd wrth y twba dŵr a dyma hi'n gwneud ystumiau doniol ac yna rhoi ei thebot plastig coch yn y dŵr a dechrau arllwys dŵr drosof i. Cafodd Lowri bryd o dafod am fod yn gas wrtho i ond doeddwn i'n malio dim. Y cyfan wnes i oedd sefyll yn stond yn y gawod sydyn, wrth fy modd o gael ei sylw. Roedd Mam yn grac oherwydd rhydodd fy sleidiau gwallt metel, ond doedd dim gwahaniaeth gen i. Doedd

Lowri ddim wedi dweud dim byd ond roeddwn i'n gwybod ein bod ni bellach yn ffrindiau.

Buon ni'n ffrindiau yr holl ffordd drwy'r ysgol gynradd ac yna aeth y ddwy ohonon ni ymlaen i Ysgol y Bae. Roedd hyd yn oed Lowri ychydig yn dawel y diwrnod cyntaf hwnnw ym Mlwyddyn Saith pan nad oedden ni'n adnabod neb arall. Rydyn ni'n adnabod pawb ym Mlwyddyn Naw nawr ac mae pawb yn ysu am fod yn ffrind i Lowri, ond ar y cyfan rydyn ni'n aros gyda'n gilydd, y ddwy ohonon ni. Rydyn ni'n mynd i fod yn ffrindiau gorau am byth bythoedd, drwy'r ysgol, drwy'r coleg, drwy'r gwaith. Does dim gwahaniaeth am gwympo mewn cariad. Mae Lowri wedi cael llwyth o gariadon yn barod ond fydd neb byth mor bwysig i ni â'n gilydd.

Rydyn ni'n cerdded i'r ysgol gyda'n gilydd, rydyn ni'n eistedd wrth ymyl ein gilydd drwy'r dydd, ac ar ôl yr ysgol rydyn ni naill ai'n mynd i dŷ Lowri neu mae hi'n dod adref gyda fi. Dwi'n gobeithio y bydd Lowri'n gofyn i mi ddod draw i'w thŷ hi heddiw. Dwi'n hoffi ei chartref hi'n llawer mwy na'n fflat ni.

Mae hi'n amser mynd adref nawr ond rydyn ni'n edrych ar yr hysbysiad mawr ar ddrws y toiledau am y clybiau ar ôl yr ysgol. Mae pennaeth newydd gyda ni sydd â chwilen yn ei ben achos bod Ysgol y Bae'n cael ei hystyried yn dipyn o dwll. Felly mae e'n benderfynol ein bod ni i gyd yn mynd i wneud yn well yn ein harholiadau a bod yn rhan o'r holl weithgareddau allgyrsiol hyn.

'Mae gorfod dod i'r ysgol yn ddigon gwael,' meddai Lowri. 'Felly pwy sy'n ddigon trist i fod eisiau aros *ar ôl* yr ysgol – hynny yw, dweud dy fod yn *fodlon* aros?'

Dwi'n nodio, fel arfer. Dwi bob amser yn cytuno â Lowri. Ond dwi newydd ddarllen darn am glwb drama newydd ac alla i ddim peidio â theimlo awydd i fynd. Dwi eisiau bod yn actores ers pan oeddwn i'n ferch fach. Dwi'n gwybod bod hynny'n ddwl. Does dim byd arbennig amdanaf i. Does neb o'r stad lle dwi'n byw byth yn cael gwneud dim byd cyffrous neu enwog, a beth bynnag, dydy'r plant cyfoethocaf, pertaf a mwyaf talentog ddim yn gallu gwneud bywoliaeth o actio. Ond dwi'n *dyheu* am gael actio. Dwi ddim wedi bod mewn unrhyw beth erioed, heblaw am bethau yn yr ysgol. Roeddwn i'n angel yn Nrama'r Nadolig yn ôl ym Mlwyddyn Dau. Lowri oedd Mair.

Roedd Miss Griffiths, sy'n bennaeth Drama,

wedi ein rhoi ni i gyd yn 'Y Llyffant a'i Ffrindiau' pan oedden ni ym Mlwyddyn Saith. Roeddwn i'n *dyheu* am fod yn Mr Llyffant, ond dewisodd Miss Griffiths Sam Tew. Ond roedd e *yn* dda. Yn dda iawn. Ond rhyngot ti a fi, dwi'n credu y gallwn i fod wedi bod yn well.

Dim ond creaduriaid y goedwig oeddwn i a Lowri. Gwiwer annwyl iawn oedd Lowri gyda chynffon fflyfflyd dros ben. Roedd hi'n neidio o gwmpas i bobman ac yn cnoi cnau'n dwt. Rhoddodd y gynulleidfa gymeradwyaeth fawr iddi hi ar y diwedd. Carlwm oeddwn i. Mae'n anodd bod yn annwyl os mai carlwm wyt ti. Ceisiais fod yn garlwm cyfrwys a sinistr oedd yn stelcian yn y cysgodion, ond gwthiodd Miss Griffiths fi i'r blaen a dweud, 'Dere, Cara, paid â bod yn swil.'

Ches i ddim amser i egluro mai bod yn gyfrwys roeddwn i, nid bod yn swil. Ceisiais beidio â phoeni gormod am y peth. Byddai'r actores orau yn y byd hyd yn oed yn ei chael hi'n anodd cael cymeradwyaeth petai hi'n gorfod chwarae rhan carlwm.

Doeddwn i ddim eisiau bod yn anifail. Roeddwn i eisiau chwarae rhan person. Pan fyddaf i gartref ar fy mhen fy hun – pan fydd Lowri'n brysur ac mae Mam yn gweithio a Dad yn cysgu – byddaf i'n hoffi cerdded o gwmpas y lolfa ac actio golygfa allan o *Pobol y Cwm* neu linellau Blodeuwedd neu byddaf i'n creu fy nramâu fy hunan. Weithiau byddaf i'n actio pobl dwi'n eu hadnabod. Yn y pen draw dwi bob amser yn actio Lowri. Dwi'n cau fy llygaid ac yn meddwl am ei llais a dwi'n swnio'n union fel hi pan fyddaf i'n dechrau dweud rhywbeth. Dwi'n dal i fod yn Lowri hyd yn oed pan fyddaf i'n agor fy llygaid. Gallaf deimlo ei gwallt sgleiniog hir a thrwchus yn bownsio o gwmpas fy ysgwyddau ac mae fy llygaid gwyrdd yn pefrio a dwi'n gwenu gwên ddireidus Lowri. Dwi'n dawnsio i fyny ac i lawr yr ystafell tan y byddaf i'n fy ngweld fy hunan yn y drych mawr uwchben y lle tân, mor welw a thenau. Ysbryd o ferch. Dwi bob amser yn teimlo'n llawer mwy byw pan fyddaf i'n esgus bod yn Lowri.

* * *

'O, *dere*, Cara,' meddai Lowri, gan dynnu fy siwmper.

Dwi'n darllen hysbysiad y Clwb Drama unwaith eto. Mae Lowri'n mynd yn ddiamynedd.

'Does dim diddordeb gyda ti yn y clwb rhyfedd 'na, oes e?'

'Nac oes! Wrth gwrs nad oes e,' meddaf, er bod llawer o ddiddordeb gen i ac mae Lowri'n gwybod hynny. Mae ei llygaid gwyrdd yn pefrio ac mae hi'n chwerthin am fy mhen.

Dwi'n tynnu anadl ddofn.

'Wel, efallai *fod* diddordeb gen i,' meddaf. Dwi'n gwybod na ddylwn i adael iddi fod yn feistres arna i bob amser. Dylwn i geisio dal fy nhir am unwaith. Ond mae hynny'n anodd a minnau mor gyfarwydd â gwneud fel mae Lowri eisiau. 'Fyddet ti ddim yn dod gyda fi, fyddet ti?' dwi'n gofyn.

'Rwyt ti'n tynnu fy nghoes i!' meddai Lowri. 'Miss Griffiths sy'n ei redeg e. Dwi'n methu ei dioddef hi.'

Mae bron pob un o'r athrawon yn meddwl bod Lowri'n wych, hyd yn oed pan fydd hi'n ddigywilydd wrthyn nhw, ond mae Miss Griffiths yn trin Lowri'n ddi-lol braidd, bron fel petai hi'n dân ar ei chroen hi.

'Dwi'n gwybod bod Miss Griffiths wir yn ddiflas,' dwi'n cytuno'n ddoeth. 'Ond fe allai'r clwb fod yn hwyl, Lowri. Wir, nawr. Dere, plîs, gad i ni ymuno. Dwi'n siŵr mai ti fyddai'n cael y rhannau gorau i gyd.'

'Nage ddim. Dim o angenrheidrwydd,' meddai Lowri. 'Dwi ddim yn hoffi actio beth bynnag. Dwi ddim yn gweld y pwynt. Mae e ychydig bach fel chwarae gêm ddwl i blant. Dwi ddim yn deall pam rwyt ti mor awyddus, Cara.'

'Wel . . . achos . . . O, Lowri, rwyt ti'n gwybod 'mod i eisiau bod yn actores.' Teimlaf fy wyneb yn gwrido'n fflamgoch. Dwi eisiau hyn gymaint fel fy mod i'n gwrido bob amser wrth siarad am y peth. Dwi'n edrych yn ofnadwy pan fyddaf i'n gwrido. Dwi mor welw fel arfer fel bod y gwrido sydyn yn codi ofn arnaf, ac mae'n edrych yn ofnadwy gyda fy ngwallt golau.

'Dwi'n eithaf ffansïo bod ar y teledu – ond fel fi fy hunan. Wyt ti'n gallu fy ngweld i fel cyflwynydd teledu?' Mae Lowri'n dechrau cyflwyno sioe fach deledu, gan ddefnyddio gwaelod ei thei fel meicroffon yn gyntaf. Yna, mae hi'n ei droi'n byped i blant bach, gan wneud iddo fynd yn llipa pan fydd hi'n rhoi pryd o dafod iddo am fod yn ddrwg.

Dwi'n methu peidio â chwerthin. Mae Lowri'n gwneud popeth mor wych. Dwi'n credu y gallai hi fod ar y teledu. Gallai hi wneud unrhyw beth mae hi eisiau. Byddai hi'n llwyddo fel actores heb unrhyw drafferth o gwbl.

'Plîs, Lowri. Gad i ni ymuno â'r Clwb Drama,' meddaf.

'Ymuna *di* â'r hen Glwb Drama dwl.'

'Dwi ddim eisiau ymuno ar fy mhen fy hunan.'

Dwi'n gwneud popeth gyda Lowri bob amser. Alla i ddim dychmygu ymuno â dim byd ar fy mhen fy hun. Fyddai pethau ddim yr un fath.

'Paid â bod yn gymaint o *fabi*, Cara,' meddai Lowri. 'Cer di. Does dim rhaid i ni fod gyda'n gilydd drwy'r amser fel petai ein cluniau ni'n sownd wrth ei gilydd.' Mae hi'n rhoi ergyd fach i'w chluniau. 'Peidiwch â thyfu, wnewch chi,' meddai hi. 'Dwi'n ddigon siapus fel rydw i, o'r gorau? A ti hefyd, Pen-ôl Mawr!' Mae hi'n ymestyn ac yn rhoi pwniad i'w phen-ôl. 'Cer di'n llai hefyd, wyt ti'n clywed?'

'Mae dy gorff di'n hollol berffaith ac rwyt ti'n gwybod hynny, felly paid â dangos dy hunan,' meddaf i, gan roi pwt iddi. Yna, dwi'n llithro fy llaw drwy ei braich fel ein bod ni wedi'n cysylltu. 'Plîs, plîs, plîs wnei di ymuno â'r Clwb Drama gyda fi?'

'*Na wnaf*! Edrych, fyddet ti ddim yn ymuno ag unrhyw beth byddwn i eisiau mynd iddo fe os na fyddet ti eisiau, fyddet ti?' meddai Lowri, gan daflu ei phen fel bod ei gwallt yn goglais fy wyneb.

'Byddwn. Rwyt ti'n gwybod y byddwn i. Fe fyddwn i'n ymuno ag unrhyw beth i gael bod gyda ti,' meddaf.

Mae llygaid Lowri'n pefrio fel emrallt.

'O'r gorau!' Mae hi'n edrych ar yr holl hysbysiadau ar gyfer clybiau. 'O'r gorau, o'r gorau. Fe af i i'r hen Glwb Drama diflas gyda ti os . . . gwnei di ymuno â'r Clwb Rhedeg Am Hwyl bob dydd Gwener gyda fi.'

'*Beth*?'

'Dyna ni! Popeth wedi'i setlo. Felly drama bob dydd Mercher ar ôl yr ysgol a Rhedeg am Hwyl bob dydd Gwener. Fe fydd ein bywyd cymdeithasol ni'n gyffrous iawn!' meddai Lowri.

'Rwyt ti'n tynnu fy nghoes, on'd wyt ti?'

'Nac ydw. Dwi'n hollol o ddifrif,' meddai Lowri, gan dynnu ei phen ffelt allan ac ysgrifennu ein henwau ni'n dwy ar restr y Clwb Drama a'r Clwb Rhedeg hefyd.

'Ond dwi ddim yn gallu rhedeg. Rwyt ti'n gwybod hynny,' dwi'n llefain.

Dwi wedi bod yn anobeithiol mewn chwaraeon erioed. Dwi'n casáu rhedeg yn arbennig. Dwi'n cael pigyn yn fy ochr yr eiliad dwi'n dechrau ac mae fy nghalon yn dechrau curo a dwi'n colli fy ngwynt yn llwyr a dwi'n methu cadw i fyny gyda'r lleill. Fi yw'r olaf ym mhob ras bob amser.

Mae Lowri'n dda iawn am redeg. Mae hi'n ennill rasys pan fydd hi eisiau ond unwaith neu ddwy mae hi'n aros 'nôl ac yn loncian yn yr unfan i gadw cwmni i mi. Weithiau mae hi hyd yn oed yn cymryd fy llaw ac yn fy nhynnu gyda hi.

Mae hi'n cydio yn fy llaw nawr, ac yn fy nhynnu ar ei hôl.

'Dere, gad i ni fynd o'r twll 'ma,' meddai hi.

'Lowri! Edrych, mae'n rhaid i mi groesi fy enw o'r rhestr. Alla i ddim rhedeg i achub fy mywyd ac rwyt ti'n gwybod hynny.'

'Paid â chynhyrfu, Cara fach,' meddai Lowri, ac mae hi'n fflicio ei bysedd o dan fy ngên. Dim ond chwarae mae hi ond mae e'n brifo. 'Rhedeg am *hwyl* yw e. Hwyl – felly dwyt ti ddim i fod i'w gymryd e o ddifrif.'

Allaf i ddim peidio â'i gymryd e o ddifrif. Dwi'n gweld darlun ohonof fy hunan yn llusgo rhedeg ar ôl pawb, yn goch fel tân ac yn chwys i gyd, tra mae Lowri'n rhedeg yn ysgafndroed ar y blaen gyda'r holl fechgyn yna sy'n ffansïo'u hunain ac yn dangos eu cyhyrau ac yn fflicio'u gwalltiau.

'Dwi *ddim* yn mynd i redeg am hwyl,' meddaf, a dwi'n tynnu fy llaw i ffwrdd. Dwi'n crafu ein henwau ni oddi ar y ddwy restr ac yna'n cerdded yn drwm allan o'r ysgol ac ar draws yr iard. Mae Lowri'n dawnsio o gwmpas, yn fy ngwawdio i. Dwi'n casáu pan fydd hi fel hyn.

'Cwyd dy galon, Cara,' meddai Lowri.

Dydy fy nghalon ddim yn teimlo fel codi. Mae hi'n teimlo'n drwm iawn. Pam mai fel hyn mae hi bob amser yn y diwedd? Mae'n rhaid i Lowri gael ei ffordd ei hun bob amser. Os ydyn ni'n gwneud rhywbeth drosof i, yna rywsut mae'n cael ei wyrdroi fel mai Lowri sy'n ennill o hyd.

Mae hi'n fy ngwylltio i nawr, yn fy ngoglais i yma a thraw, yn chwarae gyda fy ngwallt, yn tynnu wrth fy ngheg i geisio gwneud i mi wenu.

'Paid â bod mewn hwyliau drwg,' meddai hi, wrth i ni fynd allan drwy glwyd yr ysgol.

'O Lowri, gad fi i fod,' meddaf yn swta.

Mae hi'n cydio yn ei bag ysgol ac yn ei wthio tuag ataf i. Dydy hi ddim eisiau fy mwrw i, mae'r ddwy ohonon ni'n gwybod hynny, ond dwi ddim yn symud o'r ffordd yn fwriadol felly dwi'n cael ergyd gas ar fy nghlun. Mae e wir yn brifo.

'O Cara! Pam nad est ti allan o'r ffordd?' meddai Lowri, gan rwbio fy nghlun.

'Cadw draw,' meddaf i, gan fwrw ei dwylo o'r ffordd. 'Dwi'n gweld. Rwyt ti'n fy nharo i â bag ysgol a *fi* sydd ar fai?'

'Arglwydd mawr, fe rof i ergyd ar dy ben di mewn munud. Rwyt ti'n swnio mor fawreddog, wyt wir,' meddai Lowri, gan chwerthin am fy mhen.

Dwi'n methu chwerthin am fy mhen fy hunan. Ddim hyd yn oed pan fydd Lowri'n gwneud ystumiau dwl, yn croesi ei llygaid ac yn tynnu ei thafod pinc allan.

'Tyfa i fyny, Lowri!'

'Pwy sydd eisiau tyfu i fyny?' mae hi'n gweiddi ac yna mae hi yng nghanol y ffordd

ac yna

ac yna

car

brêcs yn gwichian

sgrech

S G R E CH

tawelwch.

Dwi ddim yn gallu deall y peth. Dydy hyn ddim yn digwydd. Rhyw freuddwyd ddwl yw hi. Y cyfan sydd eisiau i mi ei wneud yw cau ac agor fy llygaid a byddaf yn deffro yn y gwely a byddaf yn sôn wrth Lowri am y freuddwyd.

Lowri Lowri Lowri Lowri Lowri

Dwi'n rhedeg ati.

Mae hi'n gorwedd o flaen y car, a'i hwyneb i lawr. Mae ei gwallt coch hir yn ei chuddio hi. Dwi'n penlinio wrth ei hochr ac yn cyffwrdd â'i llaw.

'Lowri?'

'Wyt ti'n ei hadnabod hi? O na, ydy hi wedi . . ?'

Y gyrrwr sydd yno, dyn mewn siwt lwyd a wyneb llwyd. Mae e'n chwysu gan sioc. Mae e'n plygu hefyd, ac yna'n ceisio ei chodi hi.

'Peidiwch â chyffwrdd â hi!' Dwi'n methu dioddef gweld ei ddwylo arni hi ond mae e'n camddeall.

'Wrth gwrs, gallai hi fod wedi cael niwed i'w chefn. Arglwydd mawr, allaf i ddim credu'r peth. Dim ond gyrru ro'n i – ro'n i'n mynd yn araf, dim ond tri deg milltir yr awr, os hynny, ond fe redodd hi allan yn syth o'm blaen i –'

'Ffoniwch am ambiwlans!'

'Iawn! Iawn, ffôn –' mae e'n edrych o gwmpas yn wyllt. 'Mae fy ffôn symudol i yn y car –'

'Popeth yn iawn, ry'n ni wedi deialu 999,' meddai menyw, gan redeg allan o dŷ. Mae hi'n rhoi ei braich amdanaf i.

'Wyt ti'n iawn, cariad? Dere i mewn i'r tŷ gyda fi –'

'Na, mae'n rhaid i mi aros gyda Lowri.' Dwi'n methu siarad yn iawn. Mae fy nannedd i'n clecian. Pam mae hi mor oer? Dwi'n edrych i lawr ar Lowri. Mae ei llaw hi'n gynnes ond dwi'n rhwygo fy siaced ysgol oddi amdanaf ac yn ei rhoi amdani hi.

'Fe fydd yr ambiwlans yma cyn bo hir. Yma cyn bo hir. Cyn bo hir,' meddai'r fenyw, fel petai hi'n CD wedi sticio. Mae hi'n ei hysgwyd ei hun. 'A'r heddlu.'

'Yr heddlu?' mae'r gyrrwr yn ebychu. 'Damwain lwyr oedd hi. Fe gamodd hi'n syth o flaen y car. Ro'n i'n methu peidio â'i bwrw hi. Fe welsoch chi, on'd do fe?'

Do, gwelodd hi. Mae rhagor o bobl yma nawr. Gwelodd pawb. Gwelon nhw fi, gwelon nhw Lowri.

Lowri. Dwi'n brwsio'i gwallt hi 'nôl â'm llaw sigledig. Mae ei hwyneb wedi'i droi i'r ochr. Mae'n edrych yn union yr un fath – does dim ôl dim byd arno. Gallai ei cheg fod yn gwenu, bron. Mae'n rhaid ei bod hi'n iawn. Un o gêmau bach Lowri yw hon. Bydd hi'n eistedd i fyny mewn eiliad ac yn sgrechian chwerthin.

'Ha-ha! Fe dwyllais i chi! Ro'ch chi'n meddwl fy mod i wedi marw!' Dyna fydd hi'n ei ddweud. Rwy'n rhoi ysgydwad bach i'w hysgwydd i'w hannog hi.

'Paid!' meddai'r fenyw. 'Gad i'r peth bach orwedd.'

Mae'r gyrrwr yn penlinio wrth ymyl Lowri. Dydy e ddim yn ceisio cyffwrdd â hi'r tro hwn ond mae e'n hongian ei ben dros ei phen hi.

'Ydy hi'n anadlu?' mae e'n sibrwd.

'Wrth gwrs ei bod hi'n anadlu!' meddaf i.

'Dyw hi ddim *wir* wedi brifo. All hi ddim bod wedi gwneud. Does dim gwaed.'

Rhyw ddamwain ryfedd ddwl yw hon. Unrhyw funud nawr bydd Lowri'n agor ei llygaid.

Deffra, Lowri.

Deffra, Cara, a gweld dy fod ti'n breuddwydio. Na, cer yn ôl. Cer yn ôl funud, dwy funud, dyna i gyd. Yn ôl at Lowri'n chwerthin am fy mhen i ac wedyn – ac wedyn ac wedyn ac wedyn . . .

. . . ac wedyn dwi'n chwerthin arni ac rydyn ni'n cerdded fraich ym mraich am adref, yn hapus ac yn ddwl ac yn ddiogel gyda'n gilydd.

'Lowri,' dwi'n sibrwd, a dwi'n crio, a 'nhrwyn i'n rhedeg yn ogystal â'm llygaid, ond does dim ots. 'Lowri. O, Lowri.'

Dwi eisiau dweud cymaint wrthi ond mae'r gyrrwr yma, mae'r menywod yma'n tyrru o gwmpas – ac mae seiren, mae'r ambiwlans yma hefyd. Rhagor o bobl, rhywun yn fy helpu i godi, er nad ydw i eisiau symud. Mae'n rhaid i mi aros fan hyn gyda Lowri.

Maen nhw'n ei symud hi, yn ei rhoi hi ar stretsier, ac mae ei braich yn llipa. Mae ei choesau'n llusgo ychydig, ond mae hi'n dal i fod yn un darn. Does dim darnau wedi torri, dim clwyfau. Mae'n rhaid ei bod hi'n iawn . . .

'Ydy hi wedi marw?' mae'r fenyw'n sibrwd.

'Mae hi'n anadlu,' meddai menyw'r ambiwlans.

'Diolch byth, diolch byth,' meddai'r gyrrwr.

Ond maen nhw'n dweud rhywbeth o dan eu gwynt. Mae mwy o seirenau, heddlu, plismon yn siarad â mi, ond gallaf weld Lowri'n cael ei chodi i mewn i'r ambiwlans.

'Mae'n rhaid i mi fynd gyda hi! Mae'n rhaid i mi!' dwi'n gweiddi, gan wthio pobl allan o'r ffordd.

Mae'r plismon yn dal i ofyn cwestiynau i mi. *Pwy yw hi? Oeddwn i gyda hi? Welais i'n union beth ddigwyddodd?* Ond allaf i ddim meddwl, allaf i ddim siarad, dim ond un gair dwi'n gallu ei ddweud.

'Lowri!'

'Mae hi'n dioddef o sioc. Fe fydd angen i ni fynd â hi i'r ysbyty i weld ei bod hi'n iawn. Fe fydd yn rhaid i chi siarad â hi wedyn,' meddai menyw'r ambiwlans, ac mae hi'n fy helpu i ddod i fyny wrth ymyl Lowri yn yr ambiwlans. Mae ei chyd-weithiwr yn archwilio Lowri, yn gwrando, yn edrych, yn gweld beth yw cyfradd curiad ei chalon.

'Ffrind Lowri wyt ti?' meddai hi, heb edrych i fyny, bron. 'Beth yw dy enw di, cariad?'

'Cara.'

'Ry'n ni'n gwneud ein gorau drosti hi, Cara,' meddai hi, wrth i'r ambiwlans ddechrau symud.

Amser maith yn ôl, pan oedd Lowri a minnau yn yr ysgol feithrin, bydden ni'n chwarae gêm roedden ni'n ei galw'n Gêm Ni-na. Byddai'r ddwy ohonon ni'n rhuthro o gwmpas yn esgus llywio'r awyr denau â'n dwylo bach tew, gan esgus bod yn ambiwlansys yn gwibio i'r ysbyty.

Dydy llygaid Lowri ddim yn symud hyd yn oed pan fydd y seiren yn dechrau canu.

'Dyw hi ddim yn gallu clywed!'

'Efallai ei bod hi. Siarada â hi. Dere'n agos ati. Ond cymer ofal. Dwyt ti ddim eisiau cwympo. Wyt ti'n siŵr nad wyt ti wedi cael niwed hefyd? Chest ti ddim ergyd gan y car hefyd?'

'Naddo, ro'n i'n dal ar y palmant. Roedd Lowri'n dal i siarad â mi. Fe ddigwyddodd popeth mor *sydyn*, fe . . . fe . . .'

Dwi'n ysgwyd fel deilen.

'Mae blanced sbâr fan 'na. Rho hi amdanat ti.'

Dwi'n cwtsio yn y flanced, gan dynnu'r defnydd llwyd tywyll dros fy mhen i gyd. Dwi'n teimlo fel petawn i'n lapio fy meddwl hefyd, yn rhoi blanced drosto, oherwydd ei fod e'n brifo cymaint.

Mae menyw'r ambiwlans yn gweld a yw Lowri'n anadlu eto, mae hi'n agor ei llygaid hi, ac yn disgleirio tortsh.

Dw innau'n syllu i lygaid Lowri hefyd. Dydyn nhw ddim yn pefrio. Dwi ddim yn meddwl ei bod hi'n gallu fy ngweld i.

'Fi sydd yma, Lowri. Cara. Lowri, plîs bydd yn iawn. Mae'n rhaid i ti fod yn iawn. Addo i mi y byddi di'n gwella. Fe ofala i amdanat ti. Fe arhosa i yn yr ysbyty. Lowri, fe af i i'r Clwb Rhedeg am Hwyl os wyt ti eisiau o hyd, ond does dim rhaid i ni ymuno â'r Clwb Drama. Dwi siŵr o fod yn twyllo fy hunan, fe fyddwn i'n anobeithiol fel actores. Dwi ddim yn hidio. Ti yw'r unig beth dwi'n hidio amdano. Dwi eisiau i ti fod yn iawn, Lowri, dyna i gyd. Wnei di ddim marw, na wnei? Chei di ddim fy ngadael i ar fy mhen fy hun. Dwi'n dy garu di, Lowri. Dwi'n dy garu di cymaint.'

Dwi eisiau i fenyw'r ambiwlans ddweud wrtha i am beidio â bod yn ddwl, nad yw Lowri'n mynd i farw, mai wedi cael ergyd fach ar ei phen mae hi, y bydd hi'n dod yn ymwybodol unrhyw eiliad a bydd hi'n iach fel cneuen.

Dydy hi ddim yn yngan gair. Mae hi'n dal i archwilio Lowri wrth i'r ambiwlans wibio yn ei flaen, gan wau ei ffordd drwy'r traffig. Dwi ddim yn wynebu'r ffordd dwi'n mynd. Dwi'n dechrau teimlo'n sâl, wir yn sâl. Mae fy nghoesau'n simsan.

'Eistedd, cariad. Tynna sawl anadl ddofn,' meddai menyw'r ambiwlans, heb edrych arnaf i, bron.

Dwi ddim eisiau eistedd. Mae'n rhaid i mi fod yno i Lowri. Mae angen i mi gydio yn ei llaw.

'Fydd e ddim yn ei brifo hi, fydd e?' meddaf, gan gydio'n dynn yn llaw Lowri.

'Na fydd, mae hynny'n iawn. Ond fe ddylet ti eistedd, wir i ti. Dy'n ni ddim eisiau i ti lewygu. Alla i ddim ymdopi â'r ddwy ohonoch chi ar yr un pryd.'

'Wnaf i ddim llewygu,' meddaf yn ffyrnig, er bod yr ambiwlans yn chwyrlïo wrth i mi siarad.

Mae llaw Lowri'n dal yn gynnes. Dwi'n adnabod ei llaw cystal â'm llaw fy hunan, ei hewinedd bach crwn a darnau o'r farnais arian wedi'u cnoi i ffwrdd, a'r fodrwy fawd arbennig a roddais iddi'n anrheg Nadolig. Roeddwn i eisiau'r fodrwy fy hunan ond doedd gen i ddim digon o arian i brynu dwy ac roedd hi'n rhy fawr i mi beth bynnag yn y pen draw. Dwi'n cydio mor dynn yn llaw Lowri fel fy mod i'n gwneud i'r llinellau ar ei dwylo fynd yn ddwfn.

Fe ddes i o hyd i lyfr am ddarllen dwylo mewn sêl cist car ond allwn i ddim gweithio allan pa linell oedd p'un. Llwyddodd Lowri i ddarllen ei llaw ei hun a dywedodd hi ei bod hi'n mynd i gael bywyd hir iawn a dau ŵr a phedwar o blant.

'Rwyt ti'n mynd i gael bywyd hir, Lowri. Wyt ti'n cofio'r ddau ŵr a'r holl blant 'na?' dwi'n ei hatgoffa hi, gan wasgu ei llaw. Dydy hi ddim yn gwasgu 'nôl. Mae hi'n gorwedd yno, a'i hwyneb yn welw, a'i llygaid ynghau, a'i cheg fymryn yn agored fel petai hi'n mynd i ddweud rhywbeth – ond dydy hi ddim yn dweud gair.

Fi yw'r un sy'n siarad yr holl ffordd i'r ysbyty, gan gydio'n dynn yn ei llaw, ond mae'n rhaid i mi ei gollwng pan fyddwn ni'n cyrraedd yr Adran Ddamweiniau. Dwi'n rhedeg wrth ei hochr tan i'r tîm meddygol brys fynd â hi.

Dwi'n cael fy ngadael. Dwi ar goll.

Mae nyrs yn siarad â mi. Mae hi'n gofyn beth yw fy enw ond dwi wedi drysu cymaint, dwi'n rhoi enw Lowri yn lle hynny, cyfeiriad Lowri, fel petai Lowri wedi fy meddiannu i'n llwyr. Dwi ond yn sylweddoli fy mod i wedi gwneud hyn wrth iddi roi cwpaned o de i mi a dweud, 'Dyma ni, yfa hwn, Lowri.'

Mae fy nannedd yn clecian ar y cwpan.

'Nid Lowri ydw i,' meddaf, a dechrau crio. 'Plîs, beth sy'n bod arni? Fydd hi'n gwella? Does dim anaf ganddi hi, felly mae'n rhaid ei bod hi'n iawn.'

Mae'r nyrs yn rhoi ei braich amdanaf.

'Allwn ni ddim dweud eto – ond dwi'n credu y gallai fod ganddi hi anafiadau mewnol eithaf gwael. Nawr mae'n rhaid i ni ddod o hyd i'w rhieni hi mor gyflym â phosibl. Wyt ti'n digwydd gwybod ble maen nhw'n gweithio?'

Dwi'n rhoi enwau'r lleoedd maen nhw'n gweithio iddi hi. Dwi'n gweld plismon ac yn ceisio dweud rhywbeth wrtho fe, ond allaf i ddim meddwl yn iawn rhagor. Dwi'n cael cwpaned arall o de. Mae bisged siocled i gael hefyd ond pan fydd y siocled yn llifo o gwmpas fy nannedd mae'n rhaid i mi redeg i'r tŷ bach i chwydu.

Allaf i ddim cael gwared ar y blas nawr. Mae nyrsys gwahanol yn dod i siarad â mi ond dwi'n dweud dim rhag ofn eu bod nhw'n meddwl bod fy anadl i'n drewi. Dwi ddim yn gwybod beth i'w wneud. Mae llwyth o waith cartref gyda ni heno, Ffrangeg a Hanes a Mathemateg. Rydyn ni'n gwneud Mathemateg gyda'n gilydd bob amser, mae Lowri'n llawer gwell nag ydw i. Rydyn ni'n profi Ffrangeg ein gilydd hefyd. Allaf i mo'i wneud e ar fy mhen fy hun. Dwi'n hanner call a dwl beth bynnag, yn poeni am bethau twp fel anadl sy'n drewi a gwaith cartref tra mae fy ffrind gorau i lawr y coridor, yn marw, efallai . . .

Wrth gwrs nad yw hi'n marw. Lowri yw'r person mwyaf byw dwi'n ei adnabod. Bydd hi'n gwella'n llwyr ac fe gawn ni edrych yn ôl ar y cyfnod hwn. Rhof i gwtsh fawr iddi a dweud, 'Ro'n i'n meddwl dy fod ti wir yn mynd i farw, Lowri,' a bydd hi'n chwerthin ac yn gwneud ystumiau person marw, ei llygaid yn fawr, ei thafod yn dew, a bydd hi'n creu rhyw stori am brofiad y tu allan i'w chorff. Bydd, bydd hi'n dweud ei bod hi wedi hedfan allan o'i chorff ei hun ac wedi gwneud gymnasteg ar hyd y nenfwd ac wedi syllu ar yr holl lawdriniaethau a goglais corun y meddyg mwyaf golygus ac yna wedi hofran yr holl ffordd ar hyd y coridor a dod o hyd i mi'n crio ac felly ei bod hi wedi cysylltu ei bysedd bach â mi yn ein ffordd fach arbennig ni ac yna wedi gwibio yn ôl i'w chorff ei hunan eto er mwyn i ni allu tyfu i fyny gyda'n gilydd a bod yn ddau enaid hoff cytûn am byth . . .

'Gaf i fynd i eistedd gyda Lowri?' ymbiliaf.

'Na chei, cariad, mae'r meddygon yn brysur yn gweithio arni hi,' meddai'r nyrs.

'Fydda' i ddim yn mynd yn y ffordd, dwi'n addo. Fe allwn i ddal ei llaw, dyna i gyd. Dyna wnes i yn yr ambiwlans.'

'Ie, ie, rwyt ti wedi bod yn ferch wych iawn. Rwyt ti wedi gwneud dy orau dros Lowri – ond efallai y dylet ti fynd adref nawr.'

'Allaf i ddim mynd adref!'

'Beth am dy fam? Fydd hi ddim yn poeni amdanat ti?'

'Mae Mam yn y gwaith. Ac fe fydd Dad yn meddwl 'mod i draw yn nhŷ Lowri.'

'Fe ddylen ni geisio cysylltu â nhw beth bynnag.'

Ond mae ei sylw hi'n cael ei dynnu oddi wrth fy rhieni oherwydd yn sydyn, mae mam a thad Lowri'n rhedeg i mewn i'r Adran Ddamweiniau. Mae Mrs Walters wedi dod yn syth o'i dosbarth aerobeg. Mae hi'n dal yn ei leotard pinc llachar a throwsus tracwisg anferth rhywun arall wedi'i dynnu drosto er mwyn iddi gael edrych yn weddol barchus. Mae Mr Walters yn dal i wisgo het galed felen o'r safle adeiladu. Maen nhw'n edrych o'u cwmpas yn wyllt ac yna'n fy ngweld i.

'Cara! O'r annwyl, ble mae Lowri? Ry'n ni wedi cael y neges. Ydy hi wedi cael niwed mawr? Beth *ddigwyddodd*?'

'Fe gafodd hi ei bwrw i lawr gan gar. Fe . . . fe gamodd hi allan – a mynd yn syth i mewn iddo fe,' dwi'n parablu. Dwi'n clywed y brêcs yn gwichian a'r un sgrech uchel honno.

Mae'r sgrech yn fy mhen yn gwrthod distewi. Mae hi mor uchel efallai fod rhywun arall yn gallu ei chlywed hi hefyd.

'Wedi cael ei bwrw i lawr?' meddai Mrs Walters. 'O Dduw mawr. O Dduw mawr.'

'Gan bwyll nawr. Fe fydd hi'n iawn, fe gei di weld,' meddai Mr Walters. Mae e'n edrych ar y nyrs sydd gyda fi. 'Ble mae hi?'

'Arhoswch fan hyn am un eiliad fach,' meddai hi, ac i ffwrdd â hi ar wib.

'Dydyn ni ddim yn aros! Ein *merch* ni yw hi!' meddai Mr Walters ac mae e'n brysio ar ei hôl hi.

Mae mam Lowri'n syllu arnaf i.

'Gest ti dy fwrw i lawr hefyd, Cara?'

Dwi'n ysgwyd fy mhen.

'Dim ond Lowri. Fel dwedais i, fe ruthrodd hi i'r heol –'

'Allet ti ddim bod wedi'i rhwystro hi?'

Dydy hi ddim yn aros am ateb. Mae hi'n rhedeg ar ôl Mr Walters. Dwi'n sefyll yn stond. Dwi ddim yn gwybod fy mod i'n crio tan i'r nyrs ddod 'nôl a gwasgu pentwr o hancesi papur i gledr fy llaw.

'Dere di, paid â phoeni. Doedd hi ddim o ddifrif. Doedd hi ddim yn sylweddoli beth ddwedodd hi, siŵr o fod. Mae hi mewn sioc.'

'Ond *pam* na wnes i ei hatal hi?' dwi'n llefain.

'Dere di. Nawr 'te, beth am ffonio dy fam yn y gwaith. Mae angen rhywun arnat ti yma.'

Lowri yw'r unig un dwi eisiau. Mae popeth mor annheg. Maen nhw'n gadael i'w mam a'i thad ei gweld hi ond maen nhw'n dal i wrthod gadael i mi wneud.

Maen nhw'n dod 'nôl ac yn eistedd ar y

cadeiriau gyferbyn â mi. Mae Mr Walters wedi tynnu ei het galed ond dydy Mrs Walters ddim yn gallu gwneud dim byd am ei leotard. Mae ei hwyneb yn welw uwchben y pinc llachar.

'Mae hi mewn coma,' mae hi'n sibrwd. 'Mae'r doctor yn dweud –' Dydy hi ddim yn gallu gorffen y frawddeg.

'Dere di, dydyn nhw ddim yn gwybod popeth. Mae pobl yn dod allan o gomas drwy'r amser.'

'Ond – ei hymennydd hi . . .'

'Fe helpwn ni hi. Fe ddysgwn ni bopeth iddi unwaith eto. Fe fydd hi'n iawn, dwi'n gwybod y bydd hi. A hyd yn oed os na fydd hi, ein Lowri ni fydd hi o hyd ac fe fyddwn ni'n ei charu hi ac yn gofalu amdani hi,' meddai ef.

'Lowri ni yn gabetsien,' meddai Mrs Walters mewn arswyd.

'Na fydd, na fydd. Ddwedwn ni ddim rhagor nawr, ry'n ni'n codi ofn ar Cara druan,' meddai Mr Walters, gan bwyso draw a rhoi ei law yn ysgafn ar fy mhen-glin.

Prin y gallaf i edrych arnyn nhw. Yn lle hynny, dwi'n cau fy llygaid ac yn dechrau gweddïo. Dwi'n gwneud pob math o fargeinion. Dwi'n addo unrhyw beth ond i Lowri gael bod yn iawn eto. Mae'r cyfan yn hir ac yn gymhleth, achos dwi'n ailadrodd popeth saith gwaith er mwyn i'r hud weithio. Dwi'n cau fy llygaid yn dynn, dynn. Maen nhw'n meddwl fy mod i wedi dechrau cysgu ac maen nhw'n dechrau sibrwd. Maen nhw'n mynd dros beth sydd wedi digwydd dro ar ôl tro, yn ceisio deall y peth.

'Pam Lowri ni?' mae Mrs Walters yn dweud drosodd a throsodd.

Dwi'n gwybod beth mae hi'n ei feddwl mewn gwirionedd. *Pam na allai hyn fod wedi digwydd i Cara?*

Dwi wedi gweithio popeth allan. Byddaf i yma i Lowri bob amser. Bydd yn rhaid i mi fynd adref weithiau ond af i ddim i'r ysgol, fe dreuliaf bob dydd wrth erchwyn ei gwely. Fe gydiaf yn ei llaw a siarad â hi drwy'r amser ac efallai y gallaf ddweud jôc neu ganu cân a fydd yn treiddio drwy'r niwl yn ei hymennydd ac yn sydyn bydd hi'n agor ei llygaid ac yn dal fy llaw yn dynn eto. Bydd Lowri wedi dod 'nôl. Ond hyd yn oed os na wnaiff hi, byddaf i yno iddi o hyd. Pan fydd hi'n cael mynd adref, af i'w gweld hi bob dydd. Af â hi allan mewn cadair olwyn a mynd â hi o gwmpas yr holl fannau sy'n arbennig i ni a chribo'i gwallt hi'n union fel mae hi'n hoffi a'i gwisgo hi yn yr holl ddillad ffasiynol sydd ganddi. Gwnaf i'n siŵr ei bod hi'n dal i edrych fel Lowri beth bynnag fydd yn digwydd. A phan fyddwn ni'n dwy'n ddigon hen, cawn ni fflat gyda'n gilydd, Lowri a fi. Cawn ni fyw ar arian y dôl neu beth bynnag, a byddwn ni'n iawn gyda'n gilydd. Bydd pobl yn meddwl fy mod i'n gwneud aberth enfawr, yn aberthu fy nyfodol i gyd er mwyn Lowri ond dwi ddim *eisiau* unrhyw ddyfodol hebddi. Does dim dyfodol arall i mi. Allaf i ddim byw heb Lowri.

'Mr a Mrs Walters – tybed a wnewch chi ddod i mewn i'r swyddfa, os gwelwch chi'n dda?'

Dwi'n agor fy llygaid. Nyrs arall sydd yno, a doctor ifanc sy'n edrych yn flinedig a'i wallt yn hir ac yn seimllyd. Druan â Lowri, byddai hi wedi hoffi cael doctor oedd yn edrych fel Matthew Rhys.

Dwi ddim yn gwybod pam maen nhw'n mynd i mewn i'r swyddfa. I drefnu triniaeth Lowri? Efallai eu bod nhw eisiau gwneud llawdriniaeth? Dwi'n eu gwylio nhw'n mynd ac yna dwi'n cau fy llygaid ac yn gwneud rhagor o fargeinio. Mae'r defodau'n mynd yn fwy hurt o hyd. Mae'n rhaid i mi gyfrif i 100, yna sefyll, troi, eistedd, cyfrif i 100 eto, rhagor o sefyll, troi, eistedd, 100 *arall* . . . mae'n rhaid fy mod i'n edrych yn hurt ond beth yw'r ots? Beth bynnag, gallaf esgus mai dim ond ymestyn fy nghoesau dwi'n ei wneud. Os gallaf gyrraedd 1,000 heb i neb ddod i mewn, efallai bydd Lowri'n iawn. Mae'n rhaid i mi wneud fy ngorau drosti. Dwi'n cyfrif ac yn cyfrif ac yn cyfrif. Dwi ar y 100 olaf nawr, dwi'n camgyfrif o hyd ac yn mynd ar goll, gan ailadrodd y chwe degau a'r saith degau rhag ofn fy mod i wedi gwneud camgymeriad. Mae'n rhaid i mi wneud hyn yn iawn. Allaf i ddim rhoi'r ffidl yn y to. Allaf i ddim rhoi'r ffidl yn y to o gwbl . . .

Crio. Mrs Walters. A *Mr* Walters.

Allaf i ddim gadael iddyn nhw dorri ar fy nhraws!

'Cara.' Y nyrs sydd yno eto.

'Na,' dwi'n dweud, gan ysgwyd fy mhen. Wyth deg un, wyth deg dau, bron â chyrraedd, wyth deg tri . . .

'Cara, Lowri ni, ddaeth hi ddim drwyddi,' mae Mr Walters yn crio.

Dwi'n gwybod beth mae e'n ei feddwl. Wrth gwrs fy mod i. Ond allaf i ddim gadael i'r peth feddwl hynny.

'Ddaeth hi ddim drwy beth?' meddaf.

Mae Mrs Walters yn ochneidio'n dawel. Mae Mr Walters yn rhoi ei fraich amdani.

'Fe fuodd Lowri farw, yn anffodus,' meddai'r nyrs yn dawel.

Dwi'n sefyll yno, yn ysgwyd fy mhen, ac yn cau fy nyrnau'n dynn. Os gwrthodaf gredu'r peth efallai na fydd e wedi digwydd.

'Dere, Cara,' meddai Mr Walters. 'Mae'n well i ti ddod adref gyda ni.'

'M – mae'n rhaid i mi aros fan hyn.'

Fi fydd yr un fydd yno i Lowri pan fydd hi'n codi ar ei heistedd yn sydyn a phawb yn sylweddoli eu bod nhw wedi gwneud camgymeriad. All Lowri ddim bod wedi marw. Wnaf i ddim gadael iddi farw.

Mae Mr Walters yn edrych fel petai e'n gofidio amdanaf ond mae e'n rhy brysur yn gofalu am ei wraig. Mae hi'n edrych fel petai hi'n methu dioddef bod yn yr un car â fi beth bynnag. Felly maen nhw'n mynd ac yn fy ngadael gyda'r nyrs.

'All Lowri ddim bod wedi marw,' sibrydaf.

'Dwi'n gwybod ei bod hi'n anodd i ti ddirnad y peth. Ond mae e'n wir.'

'Dim ond mewn coma mae hi. Mae pobl mewn coma'n edrych fel eu bod nhw wedi marw.'

'Rydyn ni wedi gwneud y profion i gyd, cariad. Mae Lowri wedi marw.'

'Pam na allwch chi ei rhoi hi ar beiriant

cynnal bywyd? Neu wneud y peth 'na sy'n rhoi sioc drydanol iddi ddod 'nôl yn fyw?'

'Fe weithiodd y tîm meddygol yn anhygoel o galed. Fe wnaethon nhw bopeth. Roedd pawb eisiau i Lowri fyw. Ond roedd anafiadau mewnol gwael iawn ganddi hi – ac wedyn cafodd hi drawiad ar ei chalon – allai neb ei hachub hi. Roedden ni i gyd yn drist dros ben.'

'Dwi eisiau ei gweld hi.'

'Chei di ddim, mae arna i ofn, cariad. Dwyt ti ddim yn berthynas iddi.'

'Dwi fel chwaer iddi hi.'

'Dwi'n gwybod, dwi'n gwybod.'

'Dy'ch chi ddim yn gwybod. Does neb yn gwybod. Neb ond Lowri.'

Mae hi'n ceisio rhoi ei braich amdanaf ond dwi'n symud i ffwrdd. Dwi'n dechrau rhedeg, yr holl ffordd i lawr y coridor, a gwadnau rwber fy esgidiau ysgol yn gwichian ar y llawr llachar. Maen nhw'n gwneud sŵn aneglur sy'n atseinio, bron fel petai rhywun arall yn dynn ar fy sodlau. Trueni nad Lowri yw hi . . .

Dwi'n rhedeg allan o'r ysbyty. Dwi'n rhedeg ac yn rhedeg ac yn rhedeg. Dwi'n anobeithiol am redeg ond nawr allaf i ddim stopio, ymlaen ac ymlaen ac ymlaen, i lawr am y dref, a'r bag ysgol yn curo'n galed ar fy nghefn. Beth ddigwyddodd i fag ysgol Lowri? Dwi'n meddwl am holl bethau Lowri. Beth am ei dillad hi? Ydy hi'n dal i wisgo'r tei a'r siwmper a'r sgert ysgol sy'n rhy fyr o dan un o gynfasau'r ysbyty?

Dwi ddim yn siŵr pa ffordd i fynd. Dylwn i arafu a gweld lle rydw i ond dwi'n methu stopio. Mae fy nghoesau'n pwnio'r palmant o hyd. Dwi'n methu anadlu. Mae gen i bigyn mor fawr yn fy ochr, mae'n teimlo fel stwffwl enfawr. Dwi'n dal i redeg, gan fwrw i mewn i bobl, baglu, crafu fy mhengliniau fel plentyn bach. Maen nhw'n brifo, a'r gwaed yn llifo i lawr un goes ond allaf i ddim stopio o hyd. Dwi'n rhedeg tuag at yr ysgol. Allaf i ddim stopio. Mae criw o bobl o gwmpas gatiau'r ysgol. Ar beth maen nhw'n edrych? Yno ar ochr yr heol, yn union lle roedd Lowri'n gorwedd, mae tusw o rosynnau cochion. Mae'n edrych fel petai'r gwaed wedi cael ei droi yn flodau persawrus, drwy ryw hud a lledrith.

Dwi'n sefyll yn stond, er fy mod i'n symud o'r naill ochr i'r llall, gan syllu ar y tusw. Mae rhywun wedi ysgrifennu neges: I LOWRI. FYDDA I BYTH YN DY ANGHOFIO DI. Dim ond awr sydd ers i Lowri farw ac mae hi'n atgof yn barod.

'Waw! Dwi bob amser wedi bod eisiau tusw mawr o rosynnau cochion,' meddai Lowri.

Dwi'n troi ar fy sawdl. Dyna lle mae hi, yn union y tu ôl i mi, a'i gwallt hir yn hedfan yn yr awel. Fy Lowri i. Wir i ti.

Mae hi'n gwenu wrth weld yr olwg ar fy wyneb.

'Rwyt ti'n edrych fel petait ti wedi gweld ysbryd!' meddai hi, ac yna mae hi'n hollti ei bol yn chwerthin.

'Dwi ddim yn credu'r peth!'

'Meddylia sut *dwi*'n teimlo!' meddai Lowri. 'Mae hi'n ddigon gwael pan fyddi di'n gweld ysbryd. Mae *bod* yn un yn waeth byth.'

'Rwyt ti – rwyt ti'n . . ?'

'Paid ag edrych mor hurt, Cara, wrth *gwrs* mai ysbryd ydw i! O'r gorau, o'r gorau. Nawr mae'n rhaid i ni wneud y tric 'na lle rwyt ti'n rhoi dy law drwy fy nghorff i. Estyn dy law, dere. Nid fan yna. Rwyt ti'n gwybod gymaint dwi'n goglais. Dwi'n gallu teimlo o hyd, rhyw fath o deimlo, er nad wyt ti'n gallu fy nheimlo i.'

Mae fy llaw yn mynd yn sigledig drwy ganol Lowri. Mae hi'n dechrau chwerthin. Dw innau'n dechrau chwerthin hefyd. Dwi bob amser yn chwerthin pan fydd Lowri'n gwneud, rydyn ni

mewn helynt yn yr ysgol drwy'r amser . . .
O na, dwi mewn helynt nawr. Mae criw o alarwyr
â wynebau gwyn yn sefyll ar ymyl y palmant, yn
edrych ar farciau'r teiars yn y ffordd a'r blodau
lle bu Lowri farw. Maen nhw'n edrych arnaf
innau hefyd. A dwi i'n *chwerthin*.

'Ydyn nhw'n gallu dy weld di hefyd, Lowri?'

'Nac ydyn. Dwi ddim yn meddwl eu bod nhw.
Ond fe fyddai hi'n well i ni wneud yn siŵr.' Mae
hi'n dawnsio tuag at ddynes ganol oed mewn
crys-T a legins ac yn chwifio'i dwylo'n union o
flaen ei hwyneb. Dydy'r ddynes yn sylwi ar ddim.

Mae Lowri'n chwerthin. 'Ydych chi'n gallu fy
nghlywed i?' mae hi'n bloeddio, reit yn ei chlust.

Dydy pen y ddynes ddim yn symud o gwbl.
Mae hi'n edrych arnaf i, gan wgu.

'Dyw hi ddim yn gallu dy glywed di chwaith,'
meddaf.

'Nac ydy, ond mae hi'n gallu dy glywed *di*, y
ffŵl gwirion,' meddai Lowri. 'Fe fydd yn rhaid i
ti siarad o dan dy wynt, Cara – a cheisia beidio
â symud dy wefusau.'

'Beth wyt ti'n meddwl ydw i, rhywun sy'n
gallu taflu ei lais?' mwmialaf.

Mae'r ddynes yn dod draw ataf i. Help!

'Glywaist ti am y ddamwain?' meddai hi.

'Mae'n amlwg na wnest ti. Merch tua'r un oedran â ti. O dy ysgol di hefyd. Fe gafodd hi ei bwrw gan gar. Heddiw. Roedd e'n ofnadwy, roedd gwaed dros y lle i gyd . . .'

'Yr hen sguthan ddwl! Wnes i ddim gollwng dafn o waed,' meddai Lowri. 'Dwed wrthi hi am fynd i grafu. A ddylai hi ddim gwisgo legins gyda thin mawr fel sydd gyda hi!'

Mae'n rhaid i mi geisio peidio â chwerthin. Mae'r ddynes yn parablu o hyd, ac yn mynd yn annifyr o gyffrous. Mae dwy ferch o'r chweched dosbarth, sy'n gwisgo dillad chwaraeon ar ôl bod yn ymarfer hoci, yn cofleidio'i gilydd. Mae'r ddwy'n crio er nad ydw i'n siŵr a ydyn nhw wedi siarad â Lowri erioed. Ond maen nhw'n ei hadnabod hi. Mae pawb yn ein hysgol ni'n adnabod Lowri.

'Ffrind Lowri Walters yw honna, yntê?' meddai un, gan edrych wedi'i synnu.

Maen nhw'n edrych arnaf i fel petaen nhw wedi fy nala i'n gwneud rhywbeth ffiaidd yn gyhoeddus.

'Edrych yn *drist*, y dwpsen,' meddai Lowri. 'Dere. Cria ychydig bach. Dangosa dy fod ti'n hidio.'

Mae fy mhen i'n troi. Maen nhw'n dod draw i siarad â mi, yn ddifrifol a'u llygaid yn goch.

'Oeddet ti gyda Lowri pan ddigwyddodd e?' mae un yn gofyn, a'i llais yn dawel a sanctaidd fel ficer.

Dwi'n nodio. Mae Lowri'n nodio hefyd, gan chwarae'r ffŵl.

'Mae'n rhaid bod y cyfan yn brofiad ofnadwy i ti. Alla i ddim credu'r peth, elli di?'

Dwi'n nodio eto. Alla i ddim credu'r peth. Alla i ddim credu unrhyw ran ohono fe.

'Rwyt ti'n edrych fel petait ti mewn sioc. Wyt ti eisiau i ni gerdded adref gyda ti?'

Dwi'n cael panig wrth glywed hyn.

'Nac ydw, dwi'n iawn. Wel, dwi ddim, mae'n amlwg, ond dwi'n credu 'mod i eisiau bod ar fy mhen fy hun.'

Dwi'n brysio ymlaen cyn y gallan nhw ddadlau â mi. Mae Lowri'n brysio hefyd. Dwi ddim ar fy mhen fy hun, mae hynny'n sicr. Mae hi'n rhuthro ymlaen ac yna'n dod 'nôl mewn cylch, yn chwyrlïo o'm cwmpas i, hyd yn oed drwof i. Wedyn mae hi'n hofran uwchben fy mhen, gan wenu i lawr arna i. Mae'n rhaid i mi godi fy ngwddf i siarad â hi.

'Wyt ti'n hedfan?'

'Mae e'n eithaf cŵl, on'd yw e?'

'Oes adenydd gyda ti?'

Mae Lowri'n teimlo.

'Nac oes. Da iawn. Fe fydden nhw braidd yn anghyfforddus, yn fy llusgo am 'nôl. A sut byddet ti'n gwisgo bra gyda darnau pluog mawr yn mynd yn ffordd y strapiau?'

'Wyt ti'n gwisgo bra nawr? A nicers a'r holl ddillad arall?'

'Wrth gwrs! Pa fath o gwestiwn rhyfedd yw hwnna?'

'Wel, *dwi* ddim yn gwybod, hynny yw, dyw pobl ddim fel arfer yn meddwl am ysbrydion yn gwisgo dillad isaf.' Dwi'n sylweddoli'n sydyn beth mae Lowri'n ei wisgo: y trowsus du hyfryd a'r top du ac arian edrychon ni arno fe yn y Cwtsh Dillad pan aeth mam Lowri â ni i Ganolfan Siopa Glanyrafon.

Mae hi'n fy ngweld i'n edrych ac mae hi'n gwenu.

'Maen nhw'n edrych yn wych, on'd ydyn nhw?'

'Ble cest ti nhw?'

'Wel, dwi ddim wedi cael amser i grwydro o gwmpas y Ganolfan Siopa Fawr yn y Nefoedd,' meddai Lowri, gan rowlio'i llygaid. 'Fe benderfynais i beth roeddwn i eisiau'i wisgo a dyna nhw'n ymddangos amdanaf i mewn chwinciad. Gwych, on'd ife?'

'Wyt ti'n gallu cael rhai i fi hefyd?'

'Na, rhyw fath o label Ysbryd yw fy rhai i, edrych,' meddai Lowri, gan ddal ei thop allan. Mae fy mysedd yn mynd drwy'r defnydd, gan deimlo dim byd.

'Roeddet ti'n tynnu 'nghoes i am y Ganolfan Siopa Fawr yn y Nefoedd?'

'Plîs!'

'Ond – ond wyt ti wedi bod yno? Ti'n gwybod. Yn y Nefoedd?'

'Dwi ddim wedi cael cyfle, ydw i? Dim ond y prynhawn 'ma bues i farw! Dwi wedi bod yn rhyw fath o hofran ers hynny. Mae'n debyg 'mod i'n dal mewn sioc.'

'A finnau hefyd. Lowri, pa fath o brofiad oedd e? Marw?'

Mae hi'n troi a throi, gan wneud i mi deimlo'n benysgafn, ond dydy hi ddim yn dweud dim byd.

'Dwed wrtha i!'

Rydyn ni'n dweud popeth wrth ein gilydd bob amser.

'Roedd e . . . roedd e mor sydyn. Ro'n i'n siarad â ti, iawn, ac yna fe – '

'Plîs! Paid! Dwi ddim eisiau cofio!'

'Dim rhyfedd!' Ond mae hi'n cymryd trueni

42

drosof i. 'O'r gorau, felly mae'r car 'ma'n mynd BANG, reit i mewn i mi, a dwi'n mynd BANG ar y llawr ac yna . . . yna mae popeth yn ddryslyd braidd. Roedd darn lle ro'n i'n cael fy ysgwyd ac yna roedd rhywun yn cydio yn fy llaw.'

'Fi!'

'Dwi'n gwybod mai ti oedd e. Dyna ni! Rwyt ti yn rhan o fy eiliadau olaf i ar y ddaear, Cara.'

'A phryd buest ti farw? Sut roedd e'n teimlo?'

'Rwyt ti'n swnio fel un o'r newyddiadurwyr dwl 'na. Dwed wrthon ni sut roedd e'n teimlo pan chwyddodd dy ymennydd di ac aeth dy galon di FFWT, Lowri, ac fe rown ni'r cyfan dros dudalen flaen y papurau. O'r gorau, ro'n i'n gorwedd fan 'na yn yr ysbyty, a'r holl feddygon yn potsian o gwmpas gyda fi fel maen nhw'n ei wneud yn *Casualty*, ac roedd y boi truenus o drist 'ma â gwallt hir seimllyd –'

'Oedd, fe welais i fe!'

'Roedd e'n ofnadwy, yn pwnio fy mrest i o hyd. Yna dwedodd rhywun arall, "Ry'n ni wedi'i cholli hi," ac fe stopion nhw. Ro'n i'n dal i orwedd yno, yn teimlo braidd yn syfrdan. Yna fe symudais i ac – ac fe gamais i allan o 'nghorff. Ti'n gwybod, fel camu allan o dy ddillad.'

'Waw!'

'Ie, dyna'n union beth ddwedais i hefyd. Ac fe hedfanais i fyny.'

'Ro'n i'n *gwybod* mai fel 'na fyddai hi.'

'Fe welais i'r holl feddygon a nyrsys i lawr oddi tano i. Peth rhyfedd iawn yw gweld corunau pobl. Yna fe fues i'n hofran o gwmpas y coridorau yn edrych ar bopeth. Ro'n i'n dal i obeithio mai un o'r profiadau 'na oedd e lle rwyt ti wedi gadael dy gorff ac yna byddai'r meddyg â'r gwallt seimllyd yn rhoi un pwniad arall am lwc i 'nghalon i ac yn sydyn fe fyddwn i'n cael fy nhynnu 'nôl i mewn i 'nghorff, yn fyw eto – ond yna fe welais i'r nyrs yn dweud wrth Mam a Dad.'

'Ydyn nhw'n gallu dy weld di?'

'Dwi ddim yn *meddwl* eu bod nhw. Dyw Dad ddim yn gallu. Ond am Mam . . . fe geisiais i gyffwrdd â hi ac fe grynodd hi fel petai hi wedi teimlo rhywbeth, ond doedd hi ddim yn edrych fel petai hi'n gallu fy ngweld i, na fy nghlywed i chwaith.'

'Ond *dwi*'n gallu.'

'Wel, mae ein hiaith fach ein hunain wedi bod gyda ni erioed, on'd oes e? Ac weithiau fe fyddi di'n gwybod yn union beth dwi'n mynd i'w ddweud cyn i mi ddechrau ei ddweud e, hyd yn oed.'

'O, Lowri, ro'n i'n *gwybod* na fydden ni byth

yn gallu cael ein gwahanu!' meddaf yn llawn
angerdd.

Mae bachgen sy'n cerdded heibio gan gicio ei
fag ysgol fel pêl-droed yn sefyll yn stond, yn
edrych arna i'n bryderus, yn codi ei fag ysgol
llychlyd, ac yn rhedeg.

'Y dwpsen,' meddai Lowri. 'Siarada'n dawel
bach!'

Rydyn ni bron â chyrraedd adref, ar y gornel
lle mae Lowri'n mynd un ffordd, a finnau'n mynd
y ffordd arall.

'Dwi eisiau mynd adre!' meddai Lowri, a'r
dagrau'n treiglo i lawr ei bochau'n sydyn.

'O, Lowri.' Dwi'n ceisio rhoi fy mreichiau
amdani. Mae e fel rhoi cwtsh i gysgod.

'Mae e mor rhyfedd. Alla i ddim credu'r peth.
Dwi ddim *eisiau* bod yn farw,' mae hi'n crio.
'Dwi eisiau bod yn fi eto. Y fi go iawn. Dwi'n
casáu hofran o gwmpas heb fod yn fyw.'

'Paid â chrio, Lowri,' meddaf. Dwi'n cymryd
hances bapur ac yn ceisio sychu ei hwyneb, ond
mae ei dagrau'n dal i lifo ac mae'r hances boced
yn dal yn sych.

'Dwi eisiau gweld Mam,' mae Lowri'n crio.
'Dwi'n mynd adre hyd yn oed os na allan nhw
fy ngweld i.'

'Ond fe ddoi di 'nôl ata i?' dwi'n ymbil.

'Gwnaf, wrth gwrs.'

'Pryd?'

'*Dwi* ddim yn gwybod,' mae Lowri'n snwffian. 'Dwyt ti ddim yn gwneud apwyntiad gydag ysbrydion, Cara. Rydyn ni'n ymddangos pan fyddwn ni eisiau.' Mae hi'n gwenu'n wan arnaf, yn codi ei llaw, ac yna'n rhyw fath o nofio i'r awyr, gan ddiflannu o'r golwg.

Dwi'n galw ar ei hôl hi, dro ar ôl tro. Dydy hi ddim yn dod 'nôl.

Dwi'n teimlo ar goll ac yn unig hebddi hi. Dwi'n cofio holl arswyd beth sydd wedi digwydd. Ac mae'n rhaid i mi fynd adref.

Dwi'n casáu fy nghartref. Rydyn ni'n byw mewn fflat ar yr ail lawr ar Stad y Foel. Roedd Mam yn arfer dweud y bydden ni'n cael ein lle ein hunain ryw ddiwrnod, efallai un o'r tai du a gwyn ar Heol Tudur hyd yn oed, lle mae Lowri'n byw –

Dydy Lowri ddim yn byw.

Alla i ddim dirnad y peth o hyd. Dwi'n cerdded i fyny'r grisiau ac ar hyd y balconi. Mae Mam yn dod ata i'r eiliad dwi'n camu i mewn drwy'r drws ffrynt.

'Er mwyn popeth, Cara, ble rwyt ti wedi bod?

Dwi wedi bod gartref o'r gwaith ers awr a hanner! Ry'n ni wedi bod ar bigau'r drain!'

Mae'n rhyfedd ei bod hi'n poeni. Yn ddiweddar mae hi wedi bod yn ymddwyn fel petai hi prin yn cofio fy mod i yma. Dydy hi ddim hyd yn oed yn gwrando pan fyddaf i'n siarad â hi. A dydy Dad ddim wedi gwneud llawer gyda fi erioed beth bynnag. Ond nawr mae e'n rhoi ei fraich amdanaf i ac yn rhwbio'i foch yn erbyn fy un i. Dydy e ddim wedi eillio eto ac mae arogl y gwely arno fe o hyd. Dwi'n symud oddi wrtho.

'Beth sy'n bod, Cara? Wyt ti mewn helynt? Rwyt ti'n edrych fel petai rhywbeth ofnadwy wedi digwydd.'

'Mae rhywbeth wedi digwydd,' meddaf, a'm llais yn torri.

'Paid â cheisio 'nhwyllo i,' meddai Mam. 'Rwyt ti wedi bod yn cicio dy sodlau gyda Lowri, on'd wyt ti? I ble'r aethoch chi? O gwmpas y siopau? Neu i McDonald's? Chei di ddim gwneud hyn, Cara, dwyt ti ddim yn ddigon hen i fynd i ffwrdd ar dy ben dy hun. Mae'n rhaid i ti ddod adre'n syth o'r ysgol yn y dyfodol, wyt ti'n clywed? Dwi ddim yn fodlon i'r Lowri 'na dy arwain di ar gyfeiliorn.'

'Wnaiff hi ddim rhagor.'

'Beth wyt ti'n ei feddwl, cariad?' meddai Dad.

'Paid â siarad mewn ffordd mor ddramatig!' meddai Mam. 'Beth sydd wedi digwydd? Wyt ti a Lowri wedi cael ffrae?'

'Mae Lowri wedi marw,' meddaf, gan syfrdanu'r ddau.

Yna mae Mam yn ysgwyd ei phen, ac yn codi ei llaw at ei gwallt.

'Am beth drwg i'w ddweud! Paid â bod mor ddwl, Cara. "Mae Lowri wedi marw", wir!'

'Ydy, mae hi! Fe gafodd hi ei bwrw gan gar,' meddaf, a'm llais yn mynd yn uchel, fel petawn i'n mynd i sgrechian unrhyw funud.

'O'r nefoedd wen,' meddai Mam, ac yn sydyn mae ei breichiau hi amdanaf.

'Beth amdanat ti, Cara? Arglwydd mawr, wyt ti wedi cael niwed?'

'Nac ydw, dim ond Lowri. Ro'n ni'r tu allan i'r ysgol ac – ac fe aeth hi – a fi – y car 'ma . . . y car . . . y car . . .'

Mae fy mam yn fy siglo fel petawn i'n faban eto. 'Dere di, cariad bach, dere di.'

'Fe es i yn yr ambiwlans gyda hi,' meddaf wrth ddillad gwaith glas tywyll Mam. 'Fe ddaliais i ei llaw hi, fe ddaliais i siarad â hi. Fe arhosais i am oesoedd yn yr ysbyty. Ro'n i'n dal i obeithio y bydden nhw'n gallu rhoi llawdriniaeth iddi hi, unrhyw beth. Ond fe fuodd hi farw.'

'Y ferch hyfryd 'na. Druan â Lowri,' mae Dad yn sibrwd.

'Druan â Cara,' meddai Mam, ac mae hi'n cydio ynof i mor dynn fel fy mod i bron â mygu.

Dwi'n methu cysgu. Dwi'n troi a throsi yn fy ngwely drwy'r nos, yn mynd yn belen fach, yn ymestyn yn syth, yn gorwedd ar fy ochr, ar fy stumog, ac yn y diwedd mae fy mhen o dan y gobennydd. Dwi'n methu peidio â meddwl am Lowri, Lowri, Lowri. Pan fyddaf i'n dechrau mynd i gysgu a breuddwydio dwi'n clywed brêcs yn gwichian a'r sgrech, a dwi'n effro unwaith eto.

Dwi'n methu peidio â meddwl am Lowri. Dwi'n methu ei chael hi'n ôl eto. Dwi'n trio galw arni. Dwi'n agor fy ffenest ac yn pwyso allan, yn chwilio amdani. Dwi'n gallu ei dychmygu hi ond dwi'n methu gwneud iddi fod yno *go iawn* fel roedd hi wrth ddod 'nôl o'r ysbyty. Mae'r Lowri dwi'n ei chreu yn dweud y pethau anghywir drwy'r amser ac yn diflannu i'r tywyllwch.

Yna mae hi'n olau ac mae'r adar yn canu fel petai hi'n ddiwrnod arferol. Dwi'n twrio i lawr o dan fy nghwilt tan i Mam ddod i mewn â brecwast ar hambwrdd, fel petawn i'n sâl.

Mae'n ddydd Sadwrn, felly does dim rhaid i mi fynd i'r ysgol a dydy Mam ddim yn mynd i'r gwaith. Fel arfer mae hi'n gwneud y gwaith tŷ ac yn mynd o gwmpas y siopau tra byddaf i'n hongian o gwmpas gyda Lowri. Heddiw, rydyn ni'n dwy'n hofran o gwmpas y tŷ, heb wybod yn iawn beth i'w wneud. Mae Mam yn magu digon o blwc i ffonio mam Lowri ac yna mae hi'n beichio crio ar y ffôn. Dwi'n ofni bod Mrs Walters yn dweud pethau amdanaf i ond mae Mam yn dweud na soniodd hi ddim gair amdanaf i.

'Mae'r angladd ddydd Mercher am un ar ddeg. O, fe fydd yn rhaid i ni drefnu cael torch o flodau. Pa rai oedd hoff flodau Lowri, wyt ti'n gwybod?'

'Lilis. Lilis gwynion.'

'Fe gostian nhw ffortiwn – ond does dim i'w wneud, mae'n debyg. A beth wyt ti'n mynd i'w *wisgo*?'

Mae pobl o'r ysgol yn ffonio drwy'r dydd

wrth i'r newyddion fynd ar led. Ffrindiau Lowri ydyn nhw i gyd, fwy neu lai, yn hytrach na fy ffrindiau i. Neu ferched oedd *eisiau* bod yn ffrindiau â Lowri. Mae rhai o'r bechgyn yn ffonio hefyd. Mae rhai yn ymddwyn fel petaen nhw'n gariadon i Lowri, sy'n hurt. Doedd hi ddim yn gallu dioddef unrhyw un ohonyn nhw, yn enwedig y bechgyn yn ein blwyddyn ni. Mae Sam Tew, hyd yn oed, clown y dosbarth, yn ffonio er ei fod e'n eithaf difrifol a synhwyrol ar y ffôn.

'Mae'n wir ddrwg 'da fi, Cara. Mae e'n ofnadwy i ti, siŵr o fod. Ti a Lowri – ry'ch chi wedi bod *gyda'ch gilydd* bob amser.'

Trueni na allen ni fod gyda'n gilydd nawr. Ond mae hi'n dal i wrthod dod ataf i.

Mae dydd Sul yn waeth. Dwi ddim yn gwybod beth i'w wneud. Allaf i ddim gwylio'r teledu. Mae'n rhyfedd bod cymeriadau'r operâu sebon 'ma'n bwysig i mi ddau ddiwrnod 'nôl ac roeddwn i'n eu trafod nhw â Lowri fel petaen nhw'n bobl go iawn. Allaf i ddim gwrando ar gerddoriaeth oherwydd ein bod ni'n canu ein hoff ganeuon gyda'n gilydd bob amser ac mae hanner yr alaw fel petai hi wedi mynd ar goll. Allaf i ddim darllen. Mae'r geiriau'n gwingo o gwmpas y lle fel mwydod ac yn gwrthod gwneud synnwyr. Allaf i ddim gwneud unrhyw waith cartref. Mae'n debyg y caf i bryd o dafod, fel petai hynny o bwys . . .

Does dim yn y byd o bwys, dim ond Lowri.

Dwi'n treulio oriau'n ceisio ei gweld hi yn fy meddwl ond does dim yn tycio. Dwi'n gweld ei heisiau hi cymaint fel fy mod i'n dweud wrth Mam yn y prynhawn fod yn rhaid i mi fynd draw i dŷ Lowri. Dyna lle bydd hi, os yw hi yn rhywle.

'Dwi ddim yn gwybod, Cara,' meddai Mam, gan gnoi ei gwefusau. 'Dwi ddim yn siŵr fod hynny'n syniad da. Dy'n ni ddim eisiau tarfu arnyn nhw ar adeg fel hon.'

'Ond mae'n rhaid i mi, Mam. Dwi eisiau teimlo'n agos at Lowri. Plîs.'

Felly, ar ôl cinio mae Mam yn cerdded draw gyda fi i gartref Lowri tra mae Dad yn cysgu ar y soffa. Dydy e ddim yn gweithio drwy'r nos ar y penwythnos, ond dydy e ddim yn gallu newid ei arferion cysgu felly mae e'n pendwmpian drwy'r dydd. Wrth i ni nesu at dŷ Lowri dwi'n cael ofn ac yn camu am 'nôl.

'Beth sy'n bod?' meddai Mam. 'Mae popeth yn iawn, cariad, dwi yma.' Ond mae hi'n swnio'n ofnus ei hun.

'Dwi wedi newid fy meddwl. Dwi ddim eisiau mynd i mewn.'

'O, dere. Ry'n ni wedi gwneud yr ymdrech nawr.'

'Dwi ddim eisiau gweld mam Lowri.'

'Wel, efallai y bydd hi'n gysur iddi dy weld di gan dy fod ti a Lowri fel chwiorydd bob amser.'

'Dyw hi ddim yn fy hoffi i. Dwi'n credu ei bod hi'n fy meio i am beth ddigwyddodd.'

'Mae hynny'n ddwl! Er mwyn popeth, Cara!' Mae llais Mam yn uchel. Dwi'n rhoi pwt iddi, dwi'n ofni bod mam Lowri yn yr ystafell ffrynt a'i bod hi'n gallu clywed.

'Plîs, Mam, gad i ni fynd adre.'

'Ond ti oedd yn swnian o hyd am ddod yma.'

'Ro'n i eisiau gweld Lowri,' meddaf, gan ddechrau crio.

Mae Mam yn syllu arnaf i fel petawn i'n ddwl. Efallai fy mod i. Dwi ddim yn gwybod. Dwi ddim yn gwybod dim byd mwyach.

Allaf i ddim cysgu eto. Dydy Mam ddim yn dod i mewn i'm deffro fore dydd Llun ond dwi'n codi beth bynnag. Dwi'n pwyso fy hunan ar glorian yr ystafell ymolchi. Dwi wedi colli dau gilogram ers dydd Gwener. Mae'n debyg nad ydw i wedi bwyta llawer. Dwi ddim yn teimlo fel bwyta unrhyw beth nawr, ond mae Mam yn ffysian, gan wneud te a thost i mi. Mae'r te'n oren ac yn blasu'n sur. Mae'r tost yn galed ac yn frau ac yn crafu fy ngwddf wrth i mi lyncu.

'Tria fwyta,' meddai Mam. 'Rwyt ti'n gwneud dy hunan yn sâl. Edrych arnat ti. Edrych ar y wyneb gwelw 'na! Rwyt ti'n edrych fel ysbryd bach.'

'Paid!'

'Mae'n flin 'da fi, Cara. Do'n i ddim yn meddwl . . . Edrych, cariad, dwi ddim yn credu dy fod ti'n barod i fynd i'r ysgol eto. Pam nad ei di 'nôl i'r gwely i geisio cael ychydig o gwsg?'

Ond dwi'n teimlo y byddaf i'n mynd yn ddwl os arhosa i'n gaeth yn y tŷ am ddiwrnod arall. Dwi'n gwisgo fy nillad ysgol ac yn tynnu fy mag o waith cartref heb ei wneud ar fy ysgwydd.

'Merch fach dda a dewr wyt ti,' meddai Mam, gan roi ei llaw yn ysgafn ar fy ysgwydd. Mae hi'n garedig dros ben. Dydy hi erioed wedi ffysian llawer, hyd yn oed pan oeddwn i'n fach. Roedd hi eisiau merch fach ddisglair a thalentog y gallai hi ei gwisgo i fyny, nid rhywun swil a thenau a thwp, sy'n hongian ei phen mewn cornel. 'Wyt ti eisiau i mi gerdded gyda ti?'

Dwi eisiau iddi – ond mae hi'n edrych ar ei

wats. Dwi'n gwybod ei bod hi'n hwyr i'r gwaith yn barod.

'Nac ydw, mae'n iawn, fe fydda i'n iawn. Nid babi ydw i,' meddaf, er fy mod i'n teimlo fel merch fach ar ei diwrnod cyntaf yn y cylch meithrin. Mae hynny'n gwneud i mi feddwl am gwrdd â Lowri ac mae'n rhaid i mi ruthro allan o'r tŷ yn gyflym cyn i mi ddechrau beichio crio.

Os dwi'n rhedeg, allaf i ddim crio hefyd ar yr un pryd. Dim ond i ben draw'r stryd dwi'n mynd ac mae'n rhaid i mi stopio. Mae fy nghalon yn curo fel gordd. Roedd Lowri'n hurt i feddwl y byddwn i'n gallu mynd i'r Clwb Rhedeg am Hwyl. O, pam, pam na ddywedais i y byddwn i'n mynd – ac yna fe fydden ni wedi cerdded adref, fraich ym mraich, ac fe fydden ni gyda'n gilydd nawr, yn mynd i'r ysgol ar fore dydd Llun cyffredin, y ddwy ohonon ni –

'Mae'r ddwy ohonon ni yma o hyd, y dwpsen!'

'O Lowri!' Dwi'n rhuthro ati, a'm breichiau ar led.

'Hei, hei! Mae pobl yn syllu arnat ti, y ffŵl! Yn siarad â ti dy hunan ac yn rhoi cwtsh i'r awyr. *Sibryda*, wyt ti'n cofio?'

'Ble rwyt ti wedi *bod*?' meddaf yn dawel, gan

geisio dal ei llaw yn dynn – ond dim ond cledr fy llaw fy hun dwi'n gallu'i theimlo.

'Dwi wedi bod yn hofran drwy'r ether, yn llefain ac yn wylo ac yn codi ofn ar bobol. Dyna mae ysbrydion i fod i'w wneud, yntê?'

'Pam nad wyt ti'n gallu bod o ddifrif? O, Lowri, dwi wedi gweld dy eisiau di'n ofnadwy.'

'Dyna sut rwyt ti i fod i deimlo pan fydd rhywun rwyt ti'n ei garu'n marw, yntê?'

'Ro'n i'n meddwl mai dy ddychmygu di wnes i.'

'Am haerllug! Allet ti byth. All neb fy nychmygu i. Dwi'n unigryw!'

Mae hi'n tynnu ei thafod arnaf i. Mae e'n edrych mor real, mor binc a llaith, ac eto pan fydda i'n ceisio cyffwrdd â hi, mae fy mys yn sych o hyd.

'A-a! Fe fydda i'n dy gnoi di'r tro nesaf,' meddai Lowri. 'Hei, rwyt ti'n edrych yn ofnadwy, wyt! Beth sy'n bod ar dy wallt di?'

Dwi'n symud fy ngwallt allan o'm llygaid, ac yn ei dynnu 'nôl y tu ôl i'm clustiau. Dwi ddim yn meddwl fy mod i wedi'i olchi na'i gribo ers dydd Gwener. Mae e'n teimlo'n llipa ac yn ddifywyd. Mae gwallt Lowri'n edrych yn hyfryd, a'r haul yn disgleirio fel aur ar ei gwallt coch, yn union fel eurgylch.

'Rwyt ti'n edrych fel . . . angel.'

'O, plîîîs! Ond mae croeso i ti fy addoli i.'

'Ai dyna lle buest ti?' sibrydaf.

'Beth?'

Dwi'n edrych i fyny fry.

Mae Lowri'n hollti ei bol yn chwerthin.

'Ers pryd rwyt ti wedi troi'n grefyddol, Cara?'

'Ers pryd rwyt *ti* wedi troi'n ysbryd?' dwi'n ateb. Dwi'n edrych arni o'i chorun i'w sawdl. Mae hi'n dal i wisgo'i gwisg ddu ac arian. Dwi'n cael cip sydyn ar ei chefn i wneud yn siŵr nad yw hi wedi tyfu pâr o adenydd arian.

'Paid â syllu arna i! Dwi ddim wedi dringo'r ysgol i'r nefoedd eto. Neu wedi cwympo i bydew tân uffern.'

'Paid!'

'O'r gorau. Dwi ddim yn mynd i unman. Eto. Dwi'n sownd fan hyn. Yn hongian o gwmpas gyda ti.'

'Ond dwyt ti ddim wedi bod gyda fi drwy'r penwythnos.'

'Ro'n i gyda Mam.'

'Ro'n i'n meddwl dy fod ti wedi dweud nad yw hi'n gallu dy weld di.'

'Dwi'n gallu ei gweld hi. A dwi'n gallu dy weld di hefyd. Fe welais i ti a dy fam *di* yn stelcian o gwmpas ein tŷ ni ddydd Sul.' Mae hi'n chwerthin wrth weld yr olwg euog sydd arnaf i.

'Dim ond eisiau dy weld di ro'n i, Lowri.'

'Wel, rwyt ti'n fy ngweld i nawr, on'd wyt ti? Dwi yma, dim ond i ti fy ngweld i. Ond fel dwedais i, mae'n rhaid i ti beidio â pharablu. Fe fydd pobl yn meddwl dy fod ti wedi mynd yn ddwl. Cofia di, mae dy ffrind gorau newydd gael ei ladd mewn damwain felly efallai fod hawl gyda ti i fynd yn ddwl. Dere, gad i ni fynd i'r ysgol. Dwi eisiau gweld beth mae pawb yn ei ddweud amdanaf i.'

'Dwi ddim yn synnu, Lowri. Oes rhaid i ti fod yn ganolbwynt y sylw, hyd yn oed pan wyt ti wedi marw?'

Dwi'n rhoi pwt bach iddi yn ei bol, a'm bys yn mynd drwyddi ac allan yr ochr draw.

'Ow!' mae Lowri'n sgrechian, gan blygu yn ei dyblau.

'O'r arswyd, ydw i wedi dy frifo di? Do'n i ddim yn meddwl . . . ro'n i'n meddwl . . . O, Lowri!'

Mae hi'n sgrechian chwerthin erbyn hyn.

'Dwi wedi dy dwyllo di! Ond paid â rhoi pwt i fi beth bynnag. *Dere.*'

Mae hi'n dechrau rhedeg a minnau'n baglu ar

ei hôl. Dwi'n ofni y gallai hi ddiflannu eto. Mae hi'n rhedeg hyd yn oed yn gynt nawr heb unrhyw ddisgyrchiant i'w thynnu i lawr. Mae hi'n troi'r gornel i'r ysgol ymhell o'm blaen i. Dwi'n dal i fyny â hi y tu allan i'r ysgol. Mae hi'n sefyll lle digwyddodd y ddamwain. Dydy hi ddim ar ei phen ei hun. Mae tyrfaoedd yno, llwythi o oedolion yn ogystal â hanner disgyblion yr ysgol. Mae llawer ohonyn nhw'n crio neu'n cofleidio'i gilydd neu yn eu cwrcwd, yn edrych. Mae carped o flodau a chardiau a theganau bach meddal dros y palmant ac wedi'u clymu wrth y rheiliau i gyd.

'Waw!' meddai Lowri. 'Mae e'n union fel petawn i'n rhywun enwog!'

Mae pobl yn troi, yn pwyntio, yn syllu. Am eiliad dwi'n meddwl eu bod nhw'n gallu gweld Lowri eto. Yna dwi'n sylweddoli mai arnaf i maen nhw'n syllu. Mae pobl yn murmur, yn sibrwd ac yna mae fflachio sydyn. Dwi'n cau fy llygaid, a golau gwyn yn tanio o flaen fy llygaid.

'Felly ti yw ffrind gorau Lowri, ie? Oeddet ti gyda hi pan gafodd hi ei bwrw gan y car? Sut digwyddodd y peth? Sut mae'n teimlo nawr, a Lowri wedi mynd?'

Dwi'n syllu ar y gohebydd hwn. Prin dwi'n gallu credu'r peth.

'Am haerllug!' meddai Lowri. 'Dwed wrtho fe am fynd i grafu a meindio'i fusnes.' Mae hi'n dweud wrtho ei hunan mewn iaith lawer mwy lliwgar. Mae rhywun arall yn rhegi hefyd. Sam Tew yw e. Dim ond ym Mlwyddyn Naw mae e ond mae e'n dal yn ogystal â bod yn dew ac mae e'n gwthio'r gohebydd o'r ffordd yn hawdd.

'Gad iddi fod, y penbwl. Dyw hi ddim eisiau siarad â ti,' meddai ef. Mae e'n cydio yn fy mraich, yn ein gwthio ni'n dau drwy'r dyrfa. Dwi'n syllu o gwmpas yn bryderus, yn ofni colli golwg ar Lowri, ond mae hi'n union y tu ôl i mi, a'i haeliau wedi'u codi.

'Hei, do'n i ddim yn gwybod bod Sam Tew yn fy hoffi i,' mae hi'n chwerthin. 'Mae e'n edrych wir yn drist, on'd yw e?'

Mae e'n dal i gydio ynof i, gan fy arwain i mewn i'r ysgol.

'Da iawn, Sam,' meddai Mrs Llywelyn, gan ruthro i lawr y coridor. 'O, Cara! Allaf i ddim credu'r peth.'

Mae hi'n rhoi ei braich amdanaf i, yn rhoi ei braich am Sam, ac yn rhoi cwtsh i ni'n dau! Mrs Llywelyn, yr athrawes fwyaf ffyrnig yn yr ysgol gyfan, oedd o hyd yn cadw Lowri i mewn am fod yn haerllug! A nawr mae hi yn ei dagrau.

'Mae hyn yn anhygoel!' meddai Lowri, gan ddawnsio o'n cwmpas ni. 'Ti a Sam Tew a Mrs Llywelyn yn cael cwtsh o fy achos i!'

Yna mae Mr Puw, y pennaeth, yn dod allan o'i stydi ac mae e hyd yn oed yn edrych o dan deimlad y tu ôl i'w sbectol. Mae e'n sôn rhywbeth am Drychinebau Ofnadwy a Gweddïau Arbennig yn y Gwasanaeth ac yn gofyn a hoffwn *i* ddweud gair, gan mai fi oedd ffrind gorau Lowri?

'Dwi'n credu y gallai hynny fod yn ormod o straen i Cara,' meddai Mrs Llywelyn yn bendant. 'Tybed a ddylet ti fod yn yr ysgol heddiw, hyd yn oed? Rwyt ti'n edrych fel petait ti mewn sioc o hyd.'

Mae hynny'n rhannol oherwydd ei bod hi mor rhyfedd gweld Lowri'n neidio o gwmpas, yn gwneud ystumiau dwl ac yn dynwared Mr Puw yn berffaith, a'i dwylo ynghyd a golwg sanctaidd ar ei hwyneb. Mae'n rhaid i mi frathu y tu mewn i 'ngheg rhag i mi chwerthin yn uchel. Mae Lowri'n neidio o gwmpas hyd yn oed yn fwy a dwi'n snwffian – ond wedyn, yn lle chwerthin, dagrau sy'n dod. Dwi'n crio o flaen

Mr Puw a Mrs Llywelyn a Sam Tew. Mae'r cyfan yn rhyfedd dros ben.

Mae Mrs Llywelyn yn mynd â fi i doiledau'r staff ac yn rhoi cwtsh i mi wrth i mi grio, ac yna mae hi'n golchi fy wyneb ac yn rhoi tywelion papur gwyrdd i sychu fy llygaid coch ac yna mae hi'n mynd â mi 'nôl i'r ystafell staff am gwpaned o de. Mae hyn yn cymryd cymaint o amser fel fy mod i wedi colli'r Gwasanaeth i gyd.

A dwi wedi colli Lowri. Mae hi wedi mynd. Rywbryd, pan oeddwn i'n crio gyda Mrs Llywelyn, cafodd hi lond bol a hofran i ffwrdd a'm gadael ar fy mhen fy hun.

'Dwi eisiau i Lowri ddod 'nôl,' sibrydaf.

'Dwi'n gwybod, dwi'n gwybod,' meddai Mrs Llywelyn yn dawel, er nad yw hi'n gwybod o gwbl.

Mae Mr Lewis yn dod i mewn yn ei dracwisg ac yn eistedd yn ei gwrcwd wrth fy ymyl. 'Mae'n wir ddrwg gen i, Cara,' mae e'n dweud yn dyner. Mae e'n cydio yn fy llaw ac yn ei gwasgu. Byddai hanner y merched yn marw o eiddigedd oherwydd mae pawb yn dwlu ar Mr Lewis a'i wallt tywyll trwchus, ei lygaid mawr brown, a'i stumog dynn – dim rhyfedd fod Lowri eisiau ymuno â'r Clwb Rhedeg am Hwyl.

'Roedd Lowri a fi'n mynd i ymuno â'ch clwb dydd Gwener chi, Rhedeg am Hwyl,' meddaf o dan fy ngwynt.

'Fe welais i eich enwau chi'ch dwy ar y rhestr, er eu bod nhw wedi cael eu croesi allan. Wel, fe allet ti ddod ar dy ben dy hun, Cara.'

'Fi? Dwi'n anobeithiol am redeg.'

'Nid rhedeg o ddifrif yw e. Ac – ac weithiau pan fyddi di'n teimlo wir yn drist, mae mynd i redeg yn beth da, i gael gweithio'r peth allan o dy system. Sori, mae hynna'n beth dwl i'w ddweud. Dwyt ti ddim yn mynd i ddod drwy hyn ar chwarae bach, druan â ti.'

Mae'r cyfan mor rhyfedd. Maen nhw mor garedig, fel petaen nhw'n ffrindiau i mi. Ac yn y dosbarth ac adeg egwyl, mae pawb yn fy nhrin i fel petawn i'n berson arbennig, hyd yn oed y merched caletaf fel Sara a Megan, hyd yn oed y bechgyn. Mae Rhys Siôn, hen gariad Lowri, yr unig fachgen gweddol olygus ym Mlwyddyn Naw, yn dod ataf i amser egwyl, gan fy rhybuddio i gadw draw o'r ffensys achos bod y ffotograffwyr yn dal yno, yn edrych ac yn fflachio'u camerâu. 'Os ydyn nhw'n dechrau dy boeni di, Cara, rho wybod i fi a'r bechgyn, a fyddwn ni ddim yn hir yn cael gwared arnyn nhw,' meddai ef. Dydy Sam Tew ddim yn cael cyfle i ddod ataf i nawr.

Mae e'n ceisio cadw sedd i mi wrth ei ymyl amser cinio ond mae Cerys a Beca a Lowri'r Ail yn mynd â fi draw i'w bwrdd nhw. Dwi bob amser wedi'u hoffi nhw ond doedd Lowri ddim yn hoffi Cerys achos ei bod hi wedi mynd allan gyda Rhys Siôn hefyd. Mae Cerys yn dwlu ar fechgyn. Mae Lowri'r Ail yn dipyn o fachgen ei hunan, yn haerllug ac yn llawn bywyd, ond mae hi'n beichio crio nawr. Mae Lowri'r Ail wedi gwybod erioed ei bod hi'n ail i fy Lowri *i*. Mae Cerys yn rhoi cwtsh fawr iddi hi ac mae Beca'n rhoi cwtsh fawr i *mi*, er nad ydyn ni prin wedi torri gair cyn heddiw. Merch fawr feddal, binc a gwyn yw hi. Mae'n teimlo fel petawn i'n cael cwtsh gan falws melys enfawr.

Dwi'n cael fy mygu gan felystra. Mae'n teimlo fel petai pobl yn fy lapio mewn cwiltiau, mwy a mwy a mwy. Dwi'n methu symud. Dwi'n methu anadlu. Dwi'n methu *bod*. Ddim heb Lowri.

Dwi'n trio mynd i'r ysgol eto ddydd Mawrth ond wrth i mi fynd yn nes a gweld yr holl flodau ar y man lle cafodd Lowri ei lladd, mwy a mwy ohonyn nhw, carped o rosynnau a lilis, canhwyllau, a sw plant o deganau meddal, mae'r cyfan yn ormod. Mae'n rhaid i mi ddianc. Dwi'n rhedeg.

'Ro'n i'n meddwl dy fod ti'n casáu rhedeg!'

Mae Lowri'n rhedeg wrth fy ochr; mae ganddi ieir bach yr haf glas yn ei gwallt i fynd gyda'i chrys-T glas pitw bach. Mae hi'n gwisgo jîns gwyn fel yr eira ac esgidiau ysgafn ac wrth iddi wibio o'm blaen i, dwi'n gweld adenydd bach gwyn wedi'u paentio ar gefn ei chrys-T.

'Da, yntê? Ac addas dros ben. Galwa fi'n Lowri Angel.'

Roedden ni wedi gweld rhywun arall yn gwisgo un o'r crysau-T yna'r wythnos diwethaf ac roedd Lowri wedi'i hoffi'r adeg honno.

'A nawr dwi'n gallu gwisgo beth bynnag dwi eisiau,' meddai hi, gan loncian yn yr unfan. 'Tra rwyt *ti*'n gorfod gwisgo'r hen wisg ysgol 'na o hyd! Pam nad ei di adref a newid os ydyn ni'n cadw draw o'r ysgol?'

'Fe allai Dad fy nghlywed i. Dyw e ddim yn mynd i gysgu'n syth bob amser.'

'Wel, beth os bydd e'n dy glywed di? Dyw e ddim yn mynd i wylltio *nawr*.'

Dydy Lowri erioed wedi deall sut mae pethau gyda 'nhad. Mae e'n gallu gwylltio bob amser. Efallai mai achos ei fod e'n gweithio gyda'r nos mae hyn. Mae e'n gadael llonydd i mi fel arfer ond weithiau mae e'n gallu mynd yn bigog iawn, ac mae e'n lladd arnaf i am y peth lleiaf. Mae e'n gallu mynd yn wyllt, gan weiddi pob math o bethau, a chwifio'i ddwylo o gwmpas, a'i ddyrnau wedi'u cau. Dydy e erioed wedi bwrw Mam na fi ond weithiau mae e'n bwrw'r clustogau ar y soffa. Unwaith rhoddodd e ergyd i wal y gegin a gwneud i'r plastr dorri. Dechreuodd ei law waedu ond doedd e ddim fel petai e'n sylwi.

Mae Mam yn dweud ei bod hi'n drueni ac nad oedd e byth fel yna yn yr hen ddyddiau cyn i'r ffatri arall gau. Ar adegau eraill mae hi'n dweud mai mochyn yw e ac nad yw hi'n gallu ei ddioddef e ac y byddai hi'n gadael yfory petai hi'n gallu.

Roedd hi'n llawer gwell gen i fod draw yn nhŷ Lowri nag yn fy nghartref fy hunan. Dydy ei thad hi byth yn gwylltio. Mae e'n meddwl y byd o Lowri. Ei fabi e fuodd hi erioed, ei ferch fach arbennig e. Mae e bob amser yn gwneud ffws mawr ohoni, yn chwerthin am ben ei jôcs i gyd, yn rhwbio'i law yn ei gwallt, yn chwibanu pan fydd hi'n gwisgo dillad newydd, yn rhoi ei fraich amdani ac yn ei galw hi'n Lowri Blodyn –

Ond mae hyn i gyd wedi dod i ben nawr.

'Dad,' meddai Lowri o dan ei hanadl, a'i hwyneb ar dro i gyd.

'Dwi'n gwybod,' dwi'n sibrwd.

'A Mam.'

'Ie. Ond fe allwn *ni* fod gyda'n gilydd bob amser, Lowri.'

'O'r gorau, fe gaf i dy boeni di am byth,' meddai Lowri. 'Dere, gad i ni fynd i gael hwyl. Alla i ddim dioddef yr holl dristwch 'ma drwy'r amser. Gad – gad i ni fynd ar y trên i Gaerdydd, ie?'

Mae Lowri a fi'n mynd i'r ysgol gyda'n gilydd ac i'r parc ac rydyn ni'n mynd o gwmpas y siopau lleol ar ddydd Sadwrn neu'n mynd i'r sinema neu'n hongian o gwmpas lawr yn McDonald's – ond dydyn ni ddim yn cael mynd am ddiwrnod allan go iawn gyda'n gilydd. Yn enwedig ddim i Gaerdydd.

'Allwn ni ddim!'

'Gallwn, fe allwn ni,' meddai Lowri. 'Dere. Plîs. Os daw rhywun i wybod fe gei di ddweud mai fy syniad i oedd e.'

'O, da iawn, maen nhw'n siŵr o 'nghredu i! Fe fydden nhw'n meddwl 'mod i wedi mynd yn ddwl.'

Dwi'n credu fy mod i. Dwi'n cerdded yn bwrpasol drwy'r dref i'r orsaf. Mae gen i ddeg punt yn fy mhwrs ar gyfer rhyw drip ysgol dwl. Fe fyddai'n well o lawer gen i fynd am drip gyda Lowri.

Dwi'n prynu tocyn dwy ffordd i blentyn.

'Mae e hyd yn oed yn rhatach i fi,' meddai Lowri. Mae hi'n neidio dros y rhwystr ac yn hofran i lawr y grisiau, gan grafu blaen ei hesgid arnyn nhw. Dwi'n rhuthro ar ei hôl hi ac yn bwrw i mewn i fenyw fawr ar y platfform sy'n darllen papur lleol.

'Gofal, gofal! Edrych i ble rwyt ti'n mynd. Plant!' mae hi'n cwyno.

'Sori. Ro'n ni'n –'

'Ddim "ni", y dwpsen,' meddai Lowri o dan ei gwynt. Mae hi'n chwythu ei bochau allan ac yn cerdded o gwmpas fel iâr i geisio dynwared y fenyw fawr. Dwi'n methu peidio â chwerthin. Mae'r fenyw'n gwgu arna i. Yna, mae hi'n edrych arnaf i eto, wedi ei synnu.

'Edrych! Ti yw'r ferch sydd yn y papur!' meddai hi, gan bwyntio at lun du a gwyn.

Am eiliad, dwi'n meddwl mai â Lowri mae hi'n siarad. Yna, dwi'n gweld llun aneglur ohonof i, gyda llygaid bach oherwydd fflach y camera, a'r pennawd oddi tano: CARYS MORGAN, FFRIND GORAU LOWRI, YN RHY DRIST I SIARAD.

'Carys!' mae Lowri'n gwawdio. 'Doedden nhw ddim yn gallu cael dy enw di'n iawn hyd yn oed. Mae'n syndod eu bod nhw wedi cael fy enw i'n iawn.'

'Ti yw hi, yntê?' meddai'r fenyw, gan ysgwyd ei phapur i fyny ac i lawr. Mae hi'n snwffian. 'Dwyt ti ddim yn edrych yn rhy drist.'

'Nid fi yw hi,' meddaf yn gyflym.

'Ie, 'te! Edrych, rwyt ti'n gwisgo'r un wisg ysgol.'

'Dwi'n mynd i'r un ysgol ond dwi mewn dosbarth gwahanol. Dwi ddim yn adnabod Lowri, wir nawr.'

Dydy hi ddim yn edrych fel petai hi'n fy nghredu i.

'Paid â phoeni am yr hen fuwch fusneslyd,' meddai Lowri, gan roi ei braich dryloyw drwy fy mraich i. 'Dere, cerdda i fyny'r platfform. Anghofia amdani hi. Ry'n ni'n mynd i gael *hwyl*.'

Felly rydyn ni'n cerdded oddi wrth y fenyw ac mae'r trên yn dod cyn bo hir. Dwi'n tynnu fy nhei ysgol ac yn torchi fy llewys yn y trên fel nad yw fy ngwisg ysgol mor amlwg. Dwi'n teimlo'n ofnus a ninnau'n gwibio ar y ffordd i Gaerdydd. Dwi ddim yn gwybod y ffordd o gwmpas. Mae Mam bob amser yn sôn am y dynion ych a fi sy'n hongian o gwmpas gorsaf Caerdydd ac yn denu merched ysgol i fod yn buteiniaid.

'Wel, o leiaf fe fydden ni'n gwneud ychydig o arian,' meddai Lowri. 'Mae hi'n amlwg beth ry'n ni'n mynd i'w wneud. Mynd i siopa, iawn? Er na fyddi di'n gallu prynu llawer. Ond fe fydda i'n iawn. Fe gaf i ddewis beth bynnag dwi eisiau. Hei, fe allwn ni fynd i'r siopau smart nawr.

I ble'r awn ni? I'r ganolfan siopa newydd? Mae siopau dillad cynllunwyr yno, on'd oes e?'

'Paid â gofyn i fi. Lowri, wyt ti'n gwybod y ffordd?'

'Dim problem i fi. I fyny fry i'r awyr, yna i lawr â fi,' mae hi'n chwerthin. 'Fe alla i fynd i unrhyw le, ar unrhyw gyflymdra. Hei, edrych!'

Mae hi'n plymio'n syth drwy ffenest y trên, gan gicio'i choesau fel petai hi'n nofio, yna mae hi'n hedfan gyda'r trên, a'i gwallt yn syth y tu ôl iddi.

'Ti'n gweld!' mae hi'n gweiddi, gan wibio yn ei blaen. Mae hi'n troi a throi, a mynd ben i waered yng nghanol yr awyr, hyd yn oed.

'Dere 'nôl i mewn! Fe gei di dy frifo!'

Mae Lowri'n chwerthin cymaint fel ei bod hi'n symud i fyny ac i lawr.

'Alla i ddim cael fy mrifo, y ffŵl,' mae hi'n gweiddi. 'Fe ddangosa i i ti.' Mae hi'n gwibio tuag at do tŷ, gan anelu am y ddwy simnai. Ond dyw hi ddim yn cael ei tharo, mae hi'n hofran drwyddyn nhw ac yn dod allan yr ochr draw.

Dwi'n syllu arni mewn rhyfeddod. Mae hi'n codi ei llaw ac yna'n saethu i fyny fel roced, i fyny fry hyd nes ei bod hi'n diflannu. Dwi'n agor ffenest y trên ac yn gwthio fy mhen allan, gan chwilio amdani'n wyllt. Mae hi'n uwch na'r goeden uchaf, yn uwch na thŵr yr eglwys, yn uwch na'r haid o adar. Dwi'n ofni y bydd hi'n mynd fry drwy'r cymylau ac i fywyd tragwyddol arall.

'Lowri! Lowri, dere 'nôl!'

Mae hi'n mynd fel saeth drwy'r ffenest agored, a'i gwallt yn ffluwch i gyd a'i bochau'n goch fel tân.

'Welaist ti fi'n hedfan yr holl ffordd i fyny?' meddai hi. 'Eitha cŵl, on'd oedd e?'

'Anhygoel.'

'Hoffet ti allu ei wneud e hefyd?'

'Wrth gwrs!'

'Wel, mae e'n hawdd. Dilyn fi.'

'Beth?'

'Agor y drws a neidia allan.'

'Ond alla i ddim hedfan. Fe fyddwn i'n cwympo.'

'Byddet, ac *wedyn* byddet ti'n hedfan, iawn?'

'*Lladd* fy hunan, rwyt ti'n meddwl?'

'Dyw e ddim yn beth mawr, Cara, wir i ti. Dim ond un naid fach. Yna fe fyddi di gyda fi am byth. Dyna rwyt ti wedi'i eisiau erioed, yntê?'

'Ie, ond –'

'Dere. Fe gydiaf i yn dy law a rhoi help i ti.'

'Ond dwi ddim yn credu 'mod i eisiau nawr. Mae'n wahanol i ti. Damwain oedd hi.'

'Ie?' meddai Lowri, gan edrych arnaf i'n graff.

'Tocynnau, plîs!'

Mae dyn y tocynnau'n agor drws y cerbyd dwi ynddo ac yna'n aros, gan syllu arna i. Dwi'n cyffwrdd â fy wyneb. Mae dagrau'n llifo i lawr fy mochau. Dwi'n snwffian, yn llyncu, yn chwilio am fy nhocyn.

'Wyt ti'n iawn?' mae e'n gofyn, er ei bod yn amlwg nad ydw i ddim.

Dwi'n nodio beth bynnag. Beth arall fedraf i ei wneud? Dwi'n methu dweud y gwir wrtho fe. Byddai staff yr ysbyty meddwl yn disgwyl amdanaf i yng ngorsaf Caerdydd.

'Fyddwn i ddim yn agor y ffenest led y pen fel yna. Fe gei di dy chwythu i ffwrdd.' Mae e'n cau'r ffenest yn dynn. Yna mae e'n clipio fy nhocyn ac yn cerdded i ffwrdd a'm gadael ar fy mhen fy hun.

Mae Lowri wedi mynd.

Dwi'n eistedd yno, yn fy nagrau. Dwi'n ofni efallai na ddaw hi byth yn ôl eto. Neu efallai fy mod i'n ofni y *bydd* hi'n dod yn ôl.

Dwi ddim yn gwybod beth dwi'n ei wneud ar y trên hwn. Af i'n syth yn ôl pan fyddwn ni'n cyrraedd Caerdydd. Ond pan dwi'n cropian allan o'r trên yng Nghaerdydd, yn crio o hyd, mae Lowri yno ar y platfform. Mae hi'n rhedeg ataf i ac yn rhoi cwtsh fawr i mi.

'Dyna ti! O dere, paid â chrio, y ffŵl dwl. Do'n i ddim o ddifrif. Dwi ddim eisiau i ti ladd dy hunan, go iawn. Dwyt ti ddim yn benwan, wyt ti?' Mae hi'n rhoi ei braich ysgafn amdanaf ac yn ceisio sychu fy nagrau â chefn ei llaw.

'Dwi ddim yn mynd yn ddwl,' meddaf. Mae dynes sy'n gadael y trên yn edrych yn syn arnaf. Mae hi'n amlwg yn meddwl fy mod i'n hanner call a dwl.

Mae Lowri'n chwerthin.

'Dere, Cara, gad i ni gael hwyl. Fe ddown ni o hyd i'r ffordd yn rhwydd.'

Rydyn ni'n mynd i lawr i Fae Caerdydd ar y bws. Rydyn ni'n cerdded law yn llaw heibio i Ganolfan y Mileniwm ac yn mynd i gael hufen iâ Cadwalader. Mae gen i ddigon o arian i gael côn dwbl o hufen iâ ceirios, ein hoff flas ni. Cawson ni lond twba enfawr gyda'n gilydd unwaith pan oeddwn i'n aros draw yn nhŷ Lowri. Mae hi'n llyfu'r hufen iâ'n ddiolchgar.

'Wyt ti'n gallu'i flasu fe?'

'Ydw, i raddau. Wel, dwi'n gallu blasu'r ceirios.'

'Ond wyt ti'n gallu bwyta'n iawn nawr?'

'Dwi ddim yn meddwl hynny. Does dim angen i mi fynd i'r tŷ bach chwaith.' Mae Lowri'n troi o gwmpas. 'Merch nefolaidd ydw i nawr, a dyw'r corff ddim yn bwysig rhagor.' Mae hi'n chwerthin. 'Dwi ddim yn gwybod chwaith. Efallai yr af i draw at Mr Lewis, Ymarfer Corff, a rhoi cusan glou iddo fe i weld sut mae'n teimlo.'

Rydyn ni'n mynd yn ôl i ganol y ddinas ac yn gweld siop Howells.

'Wyt ti'n cofio pan aethon ni yno un Nadolig i weld y teganau – pan o'n ni tua phum mlwydd oed? Neu chwech? Fe gawson ni ddol Barbie yr un. Fe alwais fy un i'n Barbara Ann.'

'A Barbara Ela oedd enw fy un i! Ro'n i'n *dwlu* arni hi. Ond wyt ti'n cofio sut ro't ti eisiau i ni chwarae torri gwallt? Fe ddwedaist ti y byddai ein doliau Barbie ni'n edrych yn dda gyda gwallt byr.'

'O do! Ac roedd gwallt byr iawn gan dy ddoli di yn y diwedd. Ro'n i'n meddwl ei bod hi'n edrych yn cŵl.'

'Do'n i ddim. A doedd hi ddim yn deg, wnest ti ddim torri gwallt dy ddol Barbie di wedi'r cyfan.' Dwi'n dal i deimlo'n grac am y peth. Roedd Barbara Ela'n edrych yn hyll gyda chroen pinc ei phen yn y golwg drwy'r cudynnau bach byr o wallt melyn. Roeddwn i wedi crosio cap bach iddi i'w guddio ond roeddwn i'n methu teimlo'r un fath amdani rywsut. Y cyfan roedd Lowri'n ei wneud oedd cribo gwallt hir, cyrliog Barbara Ann.

'Dwyt ti ddim yn *dal* i fod yn grac am hynna, wyt ti?' meddai Lowri. 'Hei, fe wnaf i rywbeth i wneud i ti deimlo'n well. Ydy dy gas pensiliau gyda ti?'

'Beth?'

'Mae siswrn gyda ti ynddo fe, on'd oes e?'

'Chei di ddim torri gwallt y doliau yn Howells!'

'Dwi ddim yn mynd i wneud hynny, beth sy'n bod arnat ti! Cer i nôl y siswrn. Nawr, torra fy ngwallt *i*.'

'Na!'

'Dere, i ti gael talu'r pwyth 'nôl. Torra'r cyfan. Mae popeth yn iawn. Ro'n i bob amser eisiau gweld sut byddai gwallt byr yn edrych arna i.'

'Alla i ddim. Mae dy wallt di'n hyfryd. Rwyt ti'n gwybod 'mod i wastad wedi bod eisiau cael gwallt fel sydd gyda ti yn lle'r cynffonnau llygod mawr 'ma.' Rwy'n pwyntio'r siswrn at fy ngwallt fy hun. Mae dau berson yn troi i edrych arnaf i'n syn, fel petawn i'n mynd i ladd fy hunan â'r siswrn.

'Torra beth o dy wallt dy hunan hefyd,' meddai Lowri, a'i llygaid yn pefrio.

Dwi wedi gweld ei llygaid hi'n pefrio fel yna o'r blaen. Dwi ddim eisiau iddi fy nhwyllo i eto. Ac mae rhagor o bobl yn syllu'n bryderus ar y siswrn.

'Dwi'n eu rhoi nhw i gadw,' meddaf, gan eu gwthio nhw'n ôl yn fy mag ysgol.

'Fe af i i nôl rhai fy hunan, 'te,' meddai Lowri. Mae hi'n ymestyn ac yn cymryd siswrn arian o'r awyr, fel petai hi'n cerdded heibio i'r adran wnïo ar y llawr nesaf. Maen nhw'n fflachio wrth iddi daflu ei gwallt ymlaen a –

'Na! Paid! Paid!'

Mae menyw'n neidio, ac mae un arall yn symud ei braich i warchod ei bag.

'Pwy yw e? Oes rhywun wedi dy frifo di? Beth sy'n bod?'

Dwi'n ysgwyd fy mhen ac yn eu hosgoi nhw. Allaf i ddim meddwl amdanyn nhw. Mae'n rhaid i mi rwystro Lowri. Ei gwallt, tonnau hyfryd hir ei gwallt eurgoch . . .

'Dwyt ti ddim yn gall! Paid!' dwi'n ymbil, ond lwyddais i ddim i atal Lowri erioed pan oedd hi'n benderfynol o wneud rhywbeth, ac mae llai fyth o reolaeth gen i arni hi bellach.

Mae hi'n sgrechian chwerthin, gan dorri darnau o'i gwallt. Mae cudynnau hir o wallt yn cwympo ar ei hysgwyddau fel plu. Mae ei siswrn yn fflachio nes bod ganddi ddarnau bach o wallt fan hyn a fan draw yn sefyll yn syth ar ei phen. Mae hi'n dal i edrych yn hardd – *Lowri* yw hi – ond mae hi'n edrych fel petai dafad yn y nefoedd wedi bod yn pori ar ei phen.

'Sut olwg sydd arna i?'

'Lowri, y *dwpsen*.'

'Dwi eisiau gweld!' Mae hi'n syllu yn ffenest fawr y siop. Mae hi'n rhythu, yn ofer.

'O-o. Does dim adlewyrchiad gan ysbrydion!' meddai hi, gan grynu. 'Dwi'n anghofio o hyd pa mor rhyfedd yw bod yn farw. Ond paid â dechrau meddwl am roi rhywbeth miniog drwy fy nghalon, Cara.'

'Sugnwyr gwaed sy'n gwneud hynny, nid ysbrydion.'

'Rhyw fath o ysbrydion yw sugnwyr gwaed, yntê? Hei, dwi wedi ffansïo fy hunan fel sugnwr gwaed, a dweud y gwir.' Mae hi'n dangos ei dannedd ac yn esgus cnoi fy ngwddf. 'Beth am dyfu fy nannedd?'

'Dwi'n meddwl y byddai hi'n well i ti ganolbwyntio ar dyfu dy *wallt*.'

'Dim problem,' meddai Lowri. Mae hi'n ysgwyd ei phen heb wallt ac yn sydyn mae ei chudynnau coch hardd yn llifo'n ôl dros ei hysgwyddau ac yn syrthio dros ei hwyneb.

'Waw! Sut wnest ti *'na*?'

'Dwi ddim yn gwybod! Dychmygu gweld fy ngwallt i eto wnes i. Yn union fel ro'n ni'n gwneud pan o'n ni'n fach ac yn chwarae Tylwyth Teg a Gwrachod a'r holl bethau twp yna. Ro't ti'n arfer ymgolli'n llwyr, Cara. Wyt ti'n cofio'r tro 'na pan wnes i roi swyn arnat ti a dweud nad o't ti'n gallu symud a do't ti *ddim* yn gallu symud, ddim hyd yn oed pan aeth dy fam yn wyllt a rhoi hergwd i ti.'

'Gobeithio na fydd Mam yn dod i wybod nad ydyn ni wedi mynd i'r ysgol.'

'Ddaw hi ddim i wybod, na ddaw? Paid â phoeni! Dere, gad i ni fynd i adran deganau Howells.'

Felly rydyn ni'n chwarae gêmau gyda'r holl dedis ac yn edrych ar y Barbies newydd ac mae popeth yn union fel petaen ni'n chwe blwydd oed eto. Yna ry'n ni'n mynd i Stryd y Frenhines ac yn treulio oesoedd yn Top Shop a'r tro hwn rydyn ni fel merched un ar bymtheg oed, yn dewis dillad rhywiol iawn i'w trio yn yr ystafelloedd newid.

Dwi'n edrych yn hollol hurt yn yr holl dopiau isel achos does gen i ddim bronnau go iawn eto ond maen nhw'n edrych yn wych ar Lowri. Dydy hi ddim yn gorfod eu gwisgo nhw mewn gwirionedd. Y cyfan sydd angen iddi ddweud yw 'Tybed sut maen nhw'n edrych arna i?' ac yna dyna nhw, mae'r dillad *amdani*.

'Beth sy'n digwydd i'r dillad oedd amdanat ti? Ydyn nhw wedi'u plygu yn y gornel yn rhywle, achos dwi'n methu eu gweld nhw?'

'Dy'n nhw ddim yno nawr achos dwi ddim yn canolbwyntio arnyn nhw,' meddai Lowri. 'Fi sy'n gwneud i bopeth ddigwydd.' Mae hi'n gwenu'n falch.

'Ie, ond sut mae e'n *gweithio*?'

'Dim syniad,' meddai Lowri, gan godi ei hysgwyddau. 'Rwyt ti'n gwybod nad ydw i'n dda mewn Gwyddoniaeth. Efallai y gallet ti ofyn i Miss Roberts?'

Hi sy'n dysgu Gwyddoniaeth i ni ac mae hi'n athrawes ddigon caredig. Dwi'n hoffi rhai o'r pethau mae hi'n eu dysgu i ni am y gofod. Dwi'n hoffi'r ffordd mae ei llygaid hi'n disgleirio fel sêr pan fydd hi'n sôn amdano fe. Ond pan fydd hi'n sôn am ddamcaniaeth y Glec Fawr a Thyllau Du mae fy ymennydd yn ffrwydro i Dwll Du a does dim syniad gen i am beth mae hi'n sôn. Hefyd, byddwn i'n methu egluro iddi pam mae angen i mi wybod am ddimensiynau eraill. Os dechreuaf i sôn rhywbeth am ysbrydion, bydd hi'n fy anfon i at Mrs Davies mewn dim o dro.

Mrs Davies sy'n dysgu Addysg Grefyddol i ni. Dwi'n meddwl tybed a allwn i siarad â Mrs Davies. Dydy hi ddim yn ifanc ac yn ffasiynol fel Miss Roberts. Mae hi'n hen ac mae hi'n gwisgo dillad siop Evans Outsize ac mae hi'n stwffio'i thraed bach tew i esgidiau bach ond dydy hi ddim yn gallu'u cadw nhw am ei thraed, felly mae'n rhaid iddi gael gorchudd elastig dros y blaen fel sydd gan blant bach ar eu slipers. Fydd hi byth yn rhoi ateb pendant i ti am ddim byd. Mae hi bob amser yn dweud, 'Mae rhai pobl yn credu', a, 'Wrth gwrs, mae pobl eraill yn credu mai chwedl hyfryd yw hon'. Mae hi'n gwybod tipyn am grefyddau'r byd ond nid Hindŵ neu Fwdhydd yw Lowri, felly dydy hi ddim yn debyg o ddilyn eu dysgeidiaeth nhw.

'Dwi ddim yn dilyn dysgeidiaeth *unrhyw un*,' meddai hi. 'Dwi'n ddeddf i fi fy hunan.'

'Rwyt ti bob amser wedi bod yn ddeddf i ti dy hunan,' meddaf yn annwyl. 'Sut roeddet ti'n gwybod fy mod i'n meddwl hynny? Wyt ti'n gallu darllen fy meddyliau i?'

'Wrth gwrs,' meddai Lowri. 'Dwi wedi gallu gwneud hynny erioed.'

Mae hynny'n wir. Rydyn ni wedi bod mor agos erioed, roedd hi'n union fel petai coridor bach cudd rhwng ein pennau ni.

'Felly beth *dwi*'n ei feddwl, 'te?' meddai Lowri, gan wisgo top sidan du sy'n les i gyd a jîns satin du sy'n dangos siâp ei chorff hi.

Dwi'n edrych arni hi.

'Rwyt ti'n meddwl, "Byddai hwn yn rhywbeth gwych i'w wisgo i'r angladd!"' meddaf i.

Mae'r ddwy ohonon ni'n sgrechian chwerthin.

Yr angladd.

Yr angladd.

Yr angladd.

O Dduw. Dwi ddim yn teimlo fel chwerthin nawr. Dwn i ddim sut dwi'n mynd i fynd drwyddi.

Dwi'n cau fy llygaid yn dynn ac yn mynd o dan y cwilt.

'Na! Hei, dere, y pwdryn!' Mae Lowri'n tynnu'r dillad gwely, yn tynnu fy ngwallt, yn goglais fy ngwddf. Mae hi'n ysgafnach na gwe pry copyn nawr ond does dim pwynt ceisio'i hanwybyddu hi.

'Cadw draw!'

'Paid â dweud 'na. Meddylia sut byddet ti'n teimlo petawn i'n cadw draw go iawn,' meddai hi. 'Aaa! Rwyt ti'n effro nawr, wyt ti? Dere, rwyt ti eisiau edrych yn dda heddiw, on'd wyt ti? Dyma fy niwrnod mawr i.'

'O, Lowri, dwi'n casáu meddwl amdano fe.'

'Dwi'n edrych ymlaen ato fe. Dwi'n gobeithio y bydd e'n angladd mawr, gyda llwythi o flodau a phawb yn crio ac yn dweud 'mod i'n wych.'

'Dwi ddim yn adnabod merch sydd â chymaint o feddwl ohono'i hun â ti. Wir i ti. Cer oddi ar y gwely nawr a gad i fi godi.'

Yn sydyn, mae Mam yn dod i mewn i'r ystafell gyda hambwrdd brecwast. Mae hi'n syllu arnaf i.

'Cara? Â phwy ro't ti'n siarad?'

'Do'n i ddim yn siarad â neb.'

'Ro'n i'n gallu dy glywed di o'r gegin.'

'Wel, dwi ddim yn gwybod. Efallai mai breuddwydio ro'n i. Ti'n gwybod, siarad yn fy nghwsg.'

Mae Mam yn rhoi'r hambwrdd brecwast o fy mlaen i ac yna mae hi'n eistedd ar waelod y gwely, a'i hwyneb yn wrid i gyd. Mae Lowri'n eistedd yn dwt wrth ei hochr, gan roi ambell bwt iddi bob hyn a hyn.

'Cara, fe glywais i ti. Ro't ti'n siarad â . . . Lowri,' meddai Mam, heb edrych i fyw fy llygaid.

'Ro'n i'n breuddwydio amdani, mae'n rhaid.'

'Celwyddgi!' meddai Lowri.

'Dwi'n gwybod bod hyn wir yn ofnadwy i ti, cariad. Ond efallai pan fydd yr angladd wedi bod a . . . ac mae Lowri'n gorffwys mewn hedd –'

'Hedd? Dwi ddim yn mynd i Orffwys mewn Hedd! Dwi'n mynd i boeni pawb!' meddai Lowri, gan dynnu darn o gwilt dros ei phen ac ymddwyn fel ysbryd cartŵn. Mae hi'n edrych mor ddoniol fel bod yn rhaid i mi chwerthin.

Mae Mam yn edrych wedi drysu. Ydy hi'n gallu gweld y cwilt yn symud? Dwi'n plygu fy mhen dros fy mrecwast, gan snwffian, fel ei bod hi'n meddwl mai crio dwi yn lle hynny.

'Trueni nad ydw i'n gwybod beth i'w ddweud wrthot ti,' meddai hi. 'Beth bynnag. Bwyta'r brecwast 'na. A'r tost hefyd. Mae angen rhywbeth o werth yn dy stumog di i gadw i fynd drwy'r bore.'

Mae'r angladd am un ar ddeg. Mae Mam yn dod hefyd. A Dad! Dim ond ychydig o oriau o gwsg mae e wedi'u cael. Mae e'n edrych yn llwyd ac mae ei wallt yn wrych i gyd ar ôl bod yn cysgu, ond mae e'n mynnu dod.

'Dwi wedi adnabod Lowri ers pan oedd hi'n hen un fach,' meddai ef, gan roi ei law wrth ei ben-glin. 'Wrth gwrs 'mod i'n mynd i'w hangladd hi.'

Mae Dad wedi hoffi Lowri erioed. Ac mae e wedi dod yn fwy hoff ohoni wrth iddi dyfu'n hŷn. Mae Mam wedi mynd yn llai hoff ohoni. Mewn gwirionedd, yn ystod y flwyddyn a aeth heibio, dim ond cwyno wnaeth hi am Lowri, gan ddweud ei bod hi'n bryd i mi gael ambell ffrind newydd. Roedd hi'n ymddwyn fel petai hi'n meddwl bod cael ffrind gorau oedd mor agos yn beth rhyfedd.

Does dim ffrindiau gorau gan Mam, wir. Mae hi'n siarad â'r menywod ar y stad ac roedd hi'n arfer mynd i ddawnsio llinell gyda chriw o'r gwaith ond dyna i gyd. Mae Mam yn dod ymlaen yn well gyda dynion na menywod. Dwi wedi'i gweld hi'n sgwrsio'n hapus, gan fflyrtian ychydig fan hyn a fan draw. Dim byd difrifol, cofia. Wel, dwi ddim yn meddwl hynny.

Mae fy mhen yn llawn pethau diflas am fy mam a 'nhad oherwydd bod meddwl am yr angladd yn rhy ofnadwy. Mae Lowri wedi mynd yn dawel hefyd. Prin mae hi yno, mewn cornel. Mae hi'n sefyll yn llonydd ac yn edrych o gwmpas fy ystafell wely, gan edrych ar rai o'r hen bethau sy'n dal i fod ar fy silffoedd i: y tedis a'r dolis plastig a chwpwl o deganau meddal a Barbara Ela druan, heb wallt. Mae fy llyfrau *Tylwyth Teg y Blodau* yno hefyd. Roedden ni'n arfer gwisgo dwy hen ffrog bale gyda sgarffiau sidan yn lle adenydd. Bydden ni'n esgus bod yn Dylwyth Teg y Blodau ein hunain, gan bwyntio blaenau ein traed a symud ein sgarffiau fel adenydd.

'Dwi fel un o Dylwyth Teg y Blodau go iawn nawr,' meddai Lowri'n drist. Mae hi'n pwyntio blaen un droed ac yn llithro i fyny heb unrhyw ymdrech, ac allan drwy'r ffenest.

Dwi'n meddwl ei bod hi wedi mynd draw at ei mam a'i thad. Mae fy mam a 'nhad *i*'n edrych yn lletchwith ac yn ansicr. Mae Mam yn gwisgo'r siwt las tywyll mae hi'n ei gwisgo i'r gwaith gyda sgarff sidan binc a llawer o binc ar ei gwefusau. Mae Dad yn gwisgo siwt lwyd sy'n rhy dynn iddo fe nawr felly mae fflap y siaced yn codi yn y cefn ac yn dangos ei ben-ôl mawr. Dwi ddim yn edrych yn llawer gwell fy hunan. Roeddwn i eisiau gwisgo trowsus du ond roedd Mam yn gwrthod gadael i mi wisgo trowsus mewn angladd, felly dwi'n gwisgo sgert hir lwyd dwi'n ei chasáu a blows wen a siaced ddu. Dwi'n teimlo bod golwg ofnadwy arnaf i, ond ddylwn i ddim bod yn poeni am rywbeth mor ddibwys ar ddiwrnod fel hwn.

Rydyn ni'n mynd i adael am hanner awr wedi deg i roi digon o amser i ni, ond wedyn mae Dad yn sownd yn yr ystafell ymolchi a Mam a finnau'n cerdded 'nôl a blaen yn y cyntedd. Mae gweithio drwy'r nos yn effeithio ar ei stumog e. Yna mae ceir wedi parcio'n agos at ein car ni ac mae hi'n cymryd oesoedd i wasgu ein ffordd allan. Yn y diwedd dim ond ychydig funudau sydd i'w sbario wrth i ni gyrraedd yr amlosgfa.

Mae'r amlosgfa dan ei sang. Mae cymaint o bobl yn sefyll o gwmpas fel ein bod ni'n tri wedi drysu braidd, yn methu deall beth sy'n digwydd. Yna mae Mrs Llywelyn yn dod draw, a het fawr ddu a siwt lwyd amdani. Mae hi'n edrych mor smart fel nad ydw i'n sylweddoli pwy yw hi am eiliad.

'Dyna ti, Cara! Ry'n ni wedi bod yn chwilio amdanat ti ym mhobman. Fe gollaist ti'r ymarfer ddoe.'

Help! Mae Mam yn gwgu, yn edrych arnaf i. Ond mae Mrs Llywelyn wedi cydio yn fy mraich ac mae hi'n fy ngwthio i drwy'r dyrfa i ddrws capel yr amlosgfa.

'Mae eisiau i ti eistedd yn y blaen, gyda

dosbarth Lowri i gyd. Ro'n ni eisiau i'r dosbarth gymryd rhan yn y gwasanaeth. Ro'n ni'n meddwl efallai y byddet ti'n fodlon darllen un o draethodau Lowri. Mae'r cyfan wedi'i farcio i ti. Cer i eistedd yn y blaen 'te. Mr a Mrs Morgan, mae dwy gadair yn y cefn i chi. Mae'n rhaid i mi fynd nawr i gael gair sydyn â Mr Puw.'

Mae hi'n rhuthro i ffwrdd ar ei sodlau uchel du.

'*Athrawes* yw hi?' meddai Dad.

'Sut gollaist ti'r ymarfer?' meddai Mam o dan ei hanadl.

'Do'n i ddim yn teimlo'n dda. Ro'n i yn yr ystafell feddygol,' dwi'n sibrwd.

'O, cariad bach. Fe ddylet ti fod wedi dweud,' meddai Mam. 'Dwyt ti byth yn dweud pethau wrtha i, Cara.'

Dwi'n bendant ddim yn dweud fy mod i wedi bod am drip i Gaerdydd gydag ysbryd fy ffrind gorau.

Dwi'n methu gweld Lowri nawr.

Dwi *yn* gallu gweld Lowri.

O'r arswyd, dyna'i harch hi, a lilis gwynion drosti i gyd. Mae arogl llethol arnyn nhw, fel clorofform. Dwi'n cerdded ymlaen yn simsan i'r rhes flaen ac yn eistedd wrth ymyl Lowri'r Ail.

Mae fy Lowri i ychydig fetrau i ffwrdd, yn gorwedd yn ei harch. Tybed beth maen nhw wedi'i roi amdani hi? Gwn nos hir, wen i fynd gyda'r lilis? A rhagor o flodau yn ei gwallt a'i dwylo, efallai? Tybed a wisgodd Mrs Walters hi fel doli fawr?

'Wyt ti'n iawn, Cara?' mae Lowri'r Ail yn gofyn yn bryderus.

'Dwi'n teimlo braidd yn anhwylus.' Dwi'n eistedd yn drwm yn fy nghadair, gan deimlo'r chwys ar fy nhalcen.

'Eistedd yn fy nghadair i, Lowri'r Ail,' mae Sam Tew yn sibrwd. Mae e'n twrio am rywbeth ym mhoced ei siaced. Ar ôl iddo ddod i eistedd wrth fy ochr, gan fy ngwasgu i, bron, a ninnau wedi gorfod gwthio mor agos at ein gilydd, mae e'n llwyddo i dynnu bag plastig bach o frechdanau allan.

'Chei di ddim bwyta fan hyn!'

'Dwi ddim yn mynd i fwyta, y dwpsen hurt. I ti mae'r bag. Rhag ofn y byddi di'n teimlo'n sâl.'

'Beth am dy frechdanau di?'

Mae e'n rhoi ei law yn y bag, ond yna mae e'n ysgwyd ei ben wrth sylweddoli ei bod hi'n amhosib iddo eu tynnu nhw allan yn y capel.

'Cei di fod yn sâl ar eu pennau nhw. Does dim ots,' mae e'n dweud yn fonheddig.

Mae Mrs Llywelyn yn edrych tuag aton ni. Mae hi'n dod draw yn ofalus, gan gerdded ar flaenau ei thraed fel nad yw ei sodlau hi'n taro'r llawr mor swnllyd. Dwi'n meddwl ei bod hi'n mynd i roi pryd o dafod i ni, ond mae hi'n gwasgu fy ysgwydd yn llawn cydymdeimlad.

'Fe fyddi di'n iawn, Cara, paid â phoeni,' meddai hi. 'Nawr, y darlleniad 'ma. Ydy hi'n well i ni ofyn i Lowri ei wneud e yn dy le di?'

Dwi'n edrych yn syn arni. Yna dwi'n sylweddoli mai am Lowri'r Ail mae hi'n siarad. Mae Lowri'r Ail yn iawn, ond dwi'n methu dioddef meddwl amdani'n cael unrhyw beth i'w wneud â fy Lowri *i*.

'Fe ddarllenaf i fe,' meddaf, gan estyn am lyfr traethodau Cymraeg Lowri.

Dwi'n edrych ar y traethawd. Mae e'n fyr iawn. Mae traethodau Lowri'n fyr bob amser. Yr unig bryd roedden nhw'n weddol hir oedd pan oedd hi'n rhoi arian i mi eu hysgrifennu nhw drosti hi. Erbyn y diwedd roeddwn i'n gallu efelychu arddull a ffordd o ysgrifennu Lowri'n dda iawn. Roeddwn i'n aml yn gallu ysgrifennu gwell traethodau fel Lowri na fel fi fy hunan.

Dwi ddim wedi gweld hwn o'r blaen, ond dwi'n cofio'r teitl. *Joio byw* . . . Roedd Miss Griffiths yn y wers Gymraeg wedi chwarae hen gân Cwm Rhyd-y-chwadods.

Joio byw. Mae'n ddewis rhyfedd i angladd Lowri. Mae cerddoriaeth organ yma, yn drwm a difrifol. Mae rhai o'r merched y tu ôl i mi'n crio'n barod a dyw'r angladd ddim wedi dechrau'n iawn eto.

Mr a Mrs Walters yw'r olaf i ddod i mewn, gyda'r gweinidog. Mae Mr Walters yn cydio'n dynn yn ei wraig o dan ei braich. Mae ganddi siwt ddu newydd sbon sydd â sgert dynn fer a het ddu a gwyn yn flodau i gyd. Mae hi'n edrych fel petai hi'n mynd i rasys ceffylau. Mae Mr Walters yn nodio tuag ataf pan fydd e'n fy ngweld i'n syllu arnyn nhw, ond mae Mrs Walters yn edrych yn syth drwof i. Efallai nad yw hi eisiau fy ngweld i. Efallai nad yw hi'n *gallu* fy ngweld i. Dydy ei llygaid hi ddim yn edrych yn graff iawn. Efallai ei bod hi wedi gorfod cael rhyw fath o dabled i'w thawelu hi fel ei bod hi'n gallu mynd drwy heddiw.

Dwi'n teimlo fel petawn i ar gyffuriau fy hunan. Dydy hyn ddim yn teimlo fel rhywbeth sy'n digwydd go iawn. Mae'r gweinidog yn dechrau dweud rhywbeth ac mae pawb yn sefyll ac yn canu *Yr Arglwydd yw fy Mugail*. Dwi'n meddwl am y llun o Iesu'n gwisgo gŵn hir gwyn ac yn dal ffon oedd yn arfer bod yn ystafell wely Mam-gu. Does gan hyn ddim i'w wneud â *Lowri*. Yna mae Mr Puw'n codi ac yn dechrau siarad. Mae'n union fel petai pawb yn yr ysgol. Dwi'n casáu'r ffordd mae e'n siarad, yn *araf* ac yn *ddidwyll* a goslef ei lais yn *gadarnhaol*. Mae e siŵr o fod yn ymarfer yn y drych gartref. Dwi'n casáu yr hyn mae e'n ei ddweud hefyd, mae e'n siarad am ryw ferch nad ydw i'n ei hadnabod, merch fywiog, weithgar, garedig, ffyddlon a chydwybodol. Dwli yw'r cyfan. Roedd Lowri'n osgoi gwneud pethau, roedd hi'n gallu bod yn eithaf cas weithiau, a doedd hi ddim yn hidio taten am yr ysgol, roedd hi bob amser yn dweud mai twll o le oedd e. Roedd hi'n dweud pethau *llawer* gwaeth am Mr Puw. Doedd e byth yn siarad â Lowri ond mae ei lais yn dechrau torri ac mae'n rhaid iddo lyncu bob eiliad i ddod i ddiwedd ei bregeth fach.

Yna, mae emyn arall. Mae'r gweinidog yn edrych ar y seddi blaen yr ochr draw. Tybed a yw Mr neu Mrs Walters yn mynd i ddweud rhywbeth? Nac ydyn, mae hi'n syllu'n syth ar yr hen lenni ofnadwy 'na sydd yn y cefn. Mae Mr Walters yn crio. Mae ei wyneb yn goch ac yn sgleinio. Tad-cu Lowri sy'n codi ac yn sefyll yn y blaen, gan ddal darn o bapur wedi'i blygu yn ei ddwylo crynedig.

'Lowri Ni,' mae e'n cyhoeddi, fel petai e'n deitl llyfr. Mae e'n dechrau darllen y traethawd bach yma, yn araf ac yn llafurus, gan faglu ar rai o'r geiriau. Mae e'n hen ddyn bach hyfryd a dwi'n gwybod bod Lowri'n dwlu ar ei hen 'Dy-cu' ond mae hyn yn dal i fod yn artaith. Mae e'n sôn am Lowri Ni fel merch fach yn dechrau siarad a'r pethau bach doniol roedd hi'n eu gwneud. Dwi eisiau rhoi fy nwylo dros fy nghlustiau. Dwi'n gwneud synau twt-twtian â 'nhafod i dynnu fy sylw oddi arno fe.

'Wyt ti'n iawn?' mae Sam Tew yn sibrwd.

Doeddwn i ddim wedi sylweddoli fy mod i'n gwneud sŵn.

'Fe fyddai Lowri wedi cael hwyl am ben yr holl stwff siwgraidd 'ma,' mae Sam Tew yn sibrwd.

Dwi'n syllu arno mewn rhyfeddod. O leiaf mae e'n deall y Lowri go iawn. Dwi erioed wedi cymryd Sam o ddifrif. Does neb yn gwneud. Dim ond bachgen tew sy'n chwarae'r ffŵl yn y dosbarth yw e. Dydy e ddim yn *drist*, does neb yn tynnu ei goes am ei bwysau. Ond dydy e ddim yn cael ei ystyried yn un o'r *bechgyn*. Doeddwn i ddim yn sylweddoli ei fod e mor graff.

Dwi'n rhoi gwên fach iddo.

'Rwyt ti'n dal ati'n dda, Cara,' mae e'n dweud. 'Dwyt ti ddim wedi difetha fy nghinio i eto.'

'Ddim hyd yn hyn!' dwi'n sibrwd, oherwydd bod Megan Prydderch yn canu'r darn ar y delyn a phan fydd hi wedi gorffen, fy nhro *i* fydd hi.

Dwi'n sefyll pan fydd Megan yn gorffen. Dwi'n teimlo braidd yn simsan. Mae llaw Sam ar fy mhenelin, yn fy sadio. Dwi'n nodio arno ac yna'n cerdded ymlaen ac yn wynebu pawb. Mae'r capel dan ei sang, gyda phobl yn sefyll yn y cefn. Capel llawn dop Lowri. Fe fydd hi'n gwenu'n fuddugoliaethus, gan ysgwyd ei lilis.

'*Joio byw* . . .' dwi'n darllen. Mae'r cyfan mor nodweddiadol o Lowri fel fy mod i'n ei ddarllen yn ei llais hi. Dwi bron â bod yn teimlo mai hi ydw i.

'"Mae bywyd yn *hwyl*, fel mynd ar reid fawr yn Oakwood. Mae chwerthin gyda'ch ffrind gorau yn hwyl. Mae mynd allan gyda bachgen yn hwyl. Mae dawnsio mewn parti'n hwyl. Mae aros ar eich traed drwy'r nos yn nhŷ ffrind yn hwyl. Mae chwarae cerddoriaeth yn uchel yn hwyl. Mae mynd i siopa am ddillad newydd gyda'ch mam yn hwyl. Mae eistedd ar fraich cadair eich tad a'i droi o gwmpas eich bys bach yn hwyl. Mae edrych arnoch chi'ch hunan yn y drych a thynnu eich tafod yn hwyl . . .

'"Pam dwi'n joio byw . . . Mae bywyd yn hardd. Nid dim ond byd natur, yr awyr las a'r blodau a'r cwningod bach. Mae'r dref yn gallu bod yn hardd hefyd. Dwi'n meddwl bod Canolfan Siopa Glanyrafon yn hynod o hardd! Dwi'n meddwl bod yr holl dai mawr ar y bryn yn hardd. Mae Caerdydd yn hardd. Mae Efrog Newydd yn edrych hyd yn oed yn harddach ac allaf i ddim aros i gael mynd yno. Mae teithio'n hardd, yn bendant. A gwyliau hefyd.

'"Pam mae joio byw yn bwysig . . . Mae bywyd yn fyr. Dydych chi ddim yn gwybod faint o amser sydd gyda chi felly mae'n rhaid i chi wneud yn fawr ohono fe. Peidiwch â gwastraffu amser yn cwyno. Mwynhewch eich hunan!"'

Yna, mae pawb yn dawel. Mae hi fel petai pob un yn dal ei anadl. Mae pawb yn edrych arnaf i fel petai Lowri'n cuddio y tu ôl i mi, yn dweud y geiriau ei hunan.

Dwi ddim yn mynd yn ôl i'r ysgol ar ôl yr angladd. Mae Mr a Mrs Walters yn gwahodd Mam a Dad a fi'n ôl i'w tŷ nhw. Dwi ddim wedi bod yng nghartref Lowri hebddi hi erioed o'r blaen. Mae'r lle'n teimlo fel petai'r dodrefn i gyd wedi mynd.

Mae perthnasau Lowri'n sefyllian o gwmpas yn lletchwith, na neb yn gwybod yn iawn beth i'w wneud a beth i'w ddweud. Mae llwythi o fwyd ar y ford o dan lieiniau ond dydy mam Lowri ddim yn galw pawb at y ford. Dydy hi ddim yn agor y poteli o win na'r sieri. Dim ond syllu i'r gwagle mae hi'n ei wneud. Mae hi'n nodio neu'n ysgwyd ei phen pan fydd pobl yn siarad â hi ond rwyt ti'n gallu gweld nad yw hi'n gwrando. Mae tad Lowri'n crio eto. Mae'n rhaid i'w mam-gu hi fynd ag ef allan o'r ystafell am dipyn.

Mae'r sgwrs yn distewi. Mae pobl yn edrych ar y bwyd. Dydy hi ddim yn amser cinio eto ond o leiaf byddai bwyta'n rhoi rhywbeth i bawb ei wneud. Dwi'n sefyll yn lletchwith rhwng Mam a Dad. Does neb yn siarad â ni. Mae Dad yn symud o'r naill droed i'r llall, gan ddylyfu gên. Mae Mam yn rhythu arno fe, mae hi'n poeni y bydd e'n codi cywilydd arnon ni. Mae hi'n meddwl bod pawb yn edrych i lawr arnon ni oherwydd ein bod ni'n byw ar Stad y Foel.

'Alla i ddim help. Dwi ddim wedi cysgu digon,' mae Dad yn dweud o dan ei anadl.

Mae ei wyneb yn sgleinio ac mae cwsg yn ei lygaid. Mae Mam yn ochneidio ac yn codi ei haeliau pan fydd e'n dylyfu gên eto gan ddangos yr holl lenwadau sydd yn ei ddannedd, ond dydyn nhw ddim yn gallu dechrau ffraeo fan hyn.

Yna, mae mam-gu Lowri'n rhuthro'n ôl ac yn mynd at fam Lowri.

'Dwi wedi rhoi'r tegell i ferwi, cariad. Dwi'n credu y bydden ni i gyd yn mwynhau cwpaned o de. A beth am ddechrau bwyta?'

Mae'n union fel petai hi wedi cynnau golau.

Mae pawb yn dechrau symud tuag at y ford ac yn estyn platiau o fwyd i'w gilydd. Mae tad Lowri'n dod yn ôl, a'i lygaid yn llaith ac yn goch, gan ddod â chaniau o gwrw o'r oergell.

'Mae gwin gyda ni,' meddai mam Lowri.

'Oes, ond i'r bechgyn mae'r rhain.'

'Felly rwyt ti eisiau cael sesiwn yfed fawr yn angladd Lowri ni?' meddai mam Lowri, a'i llais mor swnllyd fel bod pawb arall yn tawelu.

Mae hi'n edrych fel petaen nhw'n mynd i ddechrau ffraeo. Mae mam Lowri'n edrych o gwmpas ac yn gweld pawb yn syllu. Mae ei cheg yn symud fel petai hi'n rhegi ond yna mae ei llygaid yn llenwi â dagrau ac mae hi'n cerdded allan i'r gegin.

'O'r annwyl,' meddai mam-gu Lowri. Mae hi'n edrych o gwmpas mewn anobaith. Mae tad Lowri'n ysgwyd ei ben. Maen nhw'n penderfynu peidio â mynd ar ei hôl hi. Mae'n lletchwith, achos does neb wedi gwneud te eto. Mae'n rhaid i bawb fynd hebddo am eiliad. Mae brechdanau a rholiau selsig yn sych iawn heb unrhyw ddiod. Mae mam-gu Lowri'n cerdded tuag at y gegin ond yna'n newid ei meddwl. Mae hi'n edrych arnaf i.

'Cer di i wneud y te, Cara, dyna ferch fach dda.'

'Allaf i ddim! Mae mam Lowri . . .'

Fi yw'r person olaf yn y byd y bydd hi eisiau ei gweld. Ond mae fy mam i'n rhoi pwt i mi.

'Cer, Cara, rydyn ni angen dy help.'

'Ond Mam –'

Mae Mam yn pwyso tuag ataf i.

'Paid â siomi dy dad a fi o flaen pawb,' mae hi'n sibrwd.

Felly mae'n rhaid i mi ildio. Dwi'n mynd ar flaenau fy nhraed i'r gegin. Dwi'n ofni y bydd mam Lowri'n torri ei harddyrnau â'r gyllell fara – neu efallai'n ei hanelu'n syth ataf i. Ond mae hi'n sefyll wrth y cwpwrdd bwyd yn rhoi ei bys yn y pecyn siwgr brown ac yna'n ei lyfu. Dwi'n ei gwylio hi. I mewn â'r bys, allan, ac yna mae hi'n ei lyfu. I mewn â'r bys, allan, ac yna mae hi'n ei lyfu. Yna, mae hi'n synhwyro fy mod i yno ac yn troi o gwmpas yn wyllt. Mae'r siwgr bron â thasgu i'r llawr.

'Dwi ddim . . .' Mae hi'n ceisio egluro.

'Dwi'n gwybod. Dyna beth mae Lowri'n ei wneud.'

'Dwi wedi dweud y drefn wrthi sawl gwaith. Dyw e ddim yn beth neis iddi lyfu ei bys ac yna'n ei roi'n syth yn ôl yn y siwgr. Ond dyw hi byth yn gwrando arna i, y ferch ddrwg.'

'Mae hi'n gwneud hynna gyda'r mêl hefyd.'

'Mae dant melys ofnadwy gan Lowri ni. Ond does dim un llenwad yn ei dannedd hi. Mae hi'n lwcus fel 'na.'

'Dwi'n gwybod. Mae llwythi o lenwadau gyda fi.'

'Dannedd. Ydyn nhw'n . . . *aros*?' mae hi'n gofyn. 'Neu tybed a ydyn nhw'n . . ?' Mae hi'n chwifio'i llaw, oherwydd nad yw hi'n gallu dweud y gair llosgi.

Mae'r ddwy ohonon ni'n gwingo wrth feddwl am yr hyn sy'n digwydd y tu ôl i'r llenni yn yr amlosgfa.

'Do'n i ddim yn gwybod beth i'w wneud am ei gwallt hi. Dwi'n dwlu ar wallt Lowri ni. Mae hi'n eistedd ar y soffa o'm blaen i pan fydd hi'n gwylio'r teledu, yn pwyso yn erbyn fy mhengliniau, a dw innau'n brwsio'i gwallt. Mae hi'n hoffi hynny, mae hi'n symud 'nôl a blaen –'

'Fel cath.'

'Yn union. Felly allwn i ddim dioddef meddwl am ei gwallt hi i gyd yn mynd. Fe es i â'r siswrn at Mr Evans, y trefnydd angladdau. Ro'n i'n mynd i dorri cudyn mawr ond allwn i ddim. Allwn i ddim gadael i wallt 'nghariad bach i edrych yn rhyfedd. Ro'n i eisiau iddi edrych yn berffaith.' Mae hi'n tylino'r bag siwgr, gan ei wasgu'n galed. 'Mae hi yma o hyd, ti'n gwybod,' meddai hi. 'Fe fyddi di'n meddwl 'mod i'n ddwl – mae Carwyn yn meddwl hynny – mae'r doctor yn dweud bod y peth yn naturiol ond mae yntau hefyd yn meddwl fy mod i wedi mynd yn ddwl – ond dwi'n ei *gweld* hi, Cara.'

'Dwi'n gwybod,' meddaf. 'Dwi'n ei gweld hi hefyd.'

Mae hi'n rhythu. 'Rwyt *ti*'n ei gweld hi?'

'Ydw. Ac mae hi'n siarad â fi.'

'Mae hi'n siarad?' mae hi'n ailadrodd. Mae ei hwyneb yn mynd yn dynn. 'Dyw hi ddim yn siarad â fi. Pam nad yw hi'n siarad â fi?'

Mae hyn yn hurt. Rydyn ni'n dal i ddadlau am Lowri hyd yn oed nawr, a hithau wedi marw. Dyna fel mae hi wedi bod erioed. Roedd Mrs Walters eisiau i Lowri fynd o gwmpas y siopau gyda hi bob amser, mynd i weld ei mam-gu a'i thad-cu, mynd i bartïon colur, gwneud holl bethau Mam a Merch gyda'i gilydd. Byddai Lowri'n osgoi hyn bron bob tro ac yn dod draw ataf i. Doedd Mrs Walters byth yn beio Lowri. Fi oedd yn cael y bai bob amser.

'Mae hi'n siarad â ti,' meddai hi.

'Ydy. Ond mae hi'n siarad llawer amdanoch chi. Pa mor drist mae hi oherwydd ei bod hi'n gweld eich eisiau chi.'

'Does dim angen i ti ddweud wrtha i sut mae Lowri'n teimlo!' meddai hi, gan roi hergwd fach i mi.

'Mae'n ddrwg gen i,' meddaf. Dwi'n dechrau rhoi sachau te yn y tebot er mwyn gallu dianc cyn gynted ag y gallaf i.

'Beth wyt ti'n wneud? Fy nghegin *i* yw hon!'

'Dwi'n gwybod. Dwi ddim eisiau ymyrryd, ond fe ddwedon nhw wrtha i, mam-gu Lowri a'r lleill. Maen nhw eisiau te, cwpaned o de,' dwi'n parablu.

Mae hi'n syllu arnaf fel petai hi prin yn gallu credu ei chlustiau.

'Maen nhw eisiau cwpaned o de,' meddai hi'n araf. 'O, wel. Gadewch i ni roi'r pethau pwysig yn gyntaf. Cwpaned o de, can o gwrw, mae hynny'n gwneud popeth yn iawn. Mae Lowri wedi marw. Dim ots, yfwch eich te, llowciwch eich cwrw, beth am gael parti!' Mae hi'n dechrau ysgwyd y tegell a'r botel laeth.

'O leiaf rwyt ti'n gwybod sut dwi'n teimlo,' meddai hi. 'Rwyt ti'n ei charu hi gymaint â fi, on'd wyt ti?'

Yn fwy, meddaf yn dawel.

'O Cara,' meddai hi, ac yn sydyn mae hi'n gollwng y botel laeth. Mae llaeth yn tasgu dros ei hesgidiau hi a'm sgert i. Mae'r ddwy ohonom yn edrych yn ddwl ar ein gilydd.

'Mae'r llaeth ar lawr, ond does dim pwynt crio nawr,' meddai hi, a dechrau chwerthin yn wyllt. Yna mae dagrau'n llifo i lawr ei gruddiau.

Yn sydyn mae hi'n rhoi ei breichiau amdanaf ac yn cydio'n dynn. Dwi'n rhoi cwtsh iddi hithau, a'r ddwy ohonom yn sefyll yn y llyn gwyn sy'n ymledu.

'Sut allwn ni ddioddef hyn?' meddai hi.

Dwn i ddim sut.

O leiaf mae defod i'w pherfformio ar ddiwrnod angladd Lowri. Ond yna mae'r diwrnod nesaf

a'r un nesaf

a'r un nesaf . . .

Maen nhw'n ymestyn yn ddiddiwedd, a'r amser yn arafu cymaint fel nad ydw i'n credu fy wats fy hunan. Dw innau wedi arafu hefyd. Mae pob cam fel cerdded drwy fwd trwchus. Mae pob cegaid o fwyd yn aros yn fy ngheg fel gwm cnoi. Mae popeth yn gymaint o ymdrech fel ei bod hi'n cymryd pum munud i mi frwsio fy nannedd neu gau careiau fy esgidiau. Pan fyddaf i'n siarad mae fy llais yn swnio'n rhyfedd, fel petawn i'n siarad ar y cyflymdra anghywir.

Mae pawb yn garedig wrtho i yn yr ysgol ond dwi ddim yn gallu ymateb yn iawn bob amser. Dwi'n cropian o gwmpas yn y niwl a phawb arall yn rhedeg o gwmpas yn yr heulwen. Mae rhai o'r merched yn dal i grio o achos Lowri, ond dim ond bob hyn a hyn. Mae rhai ohonyn nhw fel petaen nhw'n mwynhau meddwl am farwolaeth Lowri ac maen nhw'n gofyn cwestiynau i mi o hyd am sut oedd hi pan welais i hi'n marw. Maen nhw eisiau gwybod y manylion i gyd. Dwi'n dweud nad ydw i'n gallu cofio. Dwi ddim. Dwi ddim. Dwi ddim.

Mae Mr Puw yn galw amdanaf ac rydyn ni'n eistedd yn ei stydi, gyda hambwrdd o goffi a bisgedi, fel petawn i'n arholwr allanol. Mae e'n clebran am y ffaith fod Bywyd yn Fyr a Chamau Galar a bod yn Rhaid i Fywyd Fynd yn ei Flaen. Mae e'n parablu'n ddiddiwedd. Dwi'n bwyta bisged siocled i dynnu fy sylw ond mae rhywbeth wedi digwydd i'r ffordd dwi'n llyncu ers i Lowri farw. Dwi'n llyncu drwy'r amser, llyncu, llyncu, llyncu, mae'r cyfan yn fy ngwneud i'n ddwl, ond pan fydd llond fy ngheg o fwyd dwi'n methu trefnu'r llyncu'n iawn. Yn y diwedd dwi'n dechrau tagu, gan dasgu briwsion bisged siocled dros Mr Puw. Dwi ddim yn meddwl y bydd e'n gofyn i mi ddod 'nôl i gael sgwrs fach am dipyn.

Mae Mrs Llywelyn wedi bod yn cael sgyrsiau bach â fi hefyd, ond maen nhw'n fwy fel sgyrsiau preifat. Mae hi'n dweud ei bod hi'n deall yn union sut dwi'n teimlo a bod rhaid ei fod e'n brifo'n ofnadwy. Mae hi'n garedig, wrth gwrs. Ond sut gall hi ddeall? A dyw e ddim yn brifo fel roeddwn i'n meddwl y byddai e. Dydy e ddim yn ddolur cas drwy'r amser. Mae e'n hen ddolur diflas diflas diflas. Dwi eisiau iddo fe frifo'n *fwy*. Dwi ddim yn gallu crio hyd yn oed erbyn hyn.

Dwi'n clywed Mam yn sibrwd wrth Dad, gan ddweud fy mod i'n dod dros y cyfan yn well nag roedd hi'n meddwl, yn mynd i'r ysgol ac yn ymddwyn bron fel arfer.

Mae hi'n frawychus meddwl bod rhyw sombi wedi dod i gymryd fy lle i a does neb wedi sylwi.

Y peth gwaethaf yw nad yw Lowri yma. Dwi'n gwneud fy ngorau glas glas glas i'w chael hi'n ôl. Dim byd. Weithiau dwi'n esgus ac yn siarad â hi ond dwi'n gwybod mai fi sy'n ei wneud e. Rhyw fath o gêm ddychmygu yw hi a fydd hi ddim yn gweithio oherwydd dwi'n rhy hen i Chwarae Esgus.

Dwi ddim yn gwybod sut i'w chael hi'n ôl. Weithiau dwi'n ystyried mynd ati hi, fel roedd hi eisiau. Dwi'n meddwl am ffyrdd o wneud hyn ond mae'r cyfan mor anodd. Dwi ddim yn ddigon dewr i fynd i dop maes parcio aml-lawr a neidio oddi arno fe. Ar ben hynny, os wyt ti'n mynd yn slwts fel yna, efallai mai dyna fel byddi di yn dy fywyd tragwyddol. Dwi wedi meddwl am grogi fy hunan ond yn y gampfa mae'r unig raffau dwi'n gallu meddwl amdanyn nhw ac mae Mr Lewis bob amser yn neidio o gwmpas yn ei esgidiau rhedeg, yn cadw llygad barcut ar bethau. Dwi ddim yn dda iawn am wneud clymau beth bynnag.

Mae tabledi wrth gwrs ond mae hynny'n anobeithiol ar hyn o bryd achos dwi'n methu llyncu'n iawn. Byddwn i'n cymryd drwy'r dydd i gymryd digon i gael gorddos. Does dim sicrwydd y gallwn i fod gyda Lowri beth bynnag. Efallai ei bod hi wedi diflannu am byth ar ôl cael ei hamlosgi.

Trueni na fyddai hi wedi cael ei chladdu fel fy mod i'n gallu mynd at ei bedd. Byddai hi wedi hoffi bedd ac angel marmor gwyn arno.

Dwi'n aros y tu allan i'r ysgol am oesoedd rhag ofn ei bod hi'n dod i hofran lle cafodd hi ei bwrw gan y car. Mae hi'n anodd cerdded ar y palmant oherwydd bod cymaint o flodau yno, sawl tusw mawr newydd ar ben yr hen rai sy'n gwywo. Mae tedis a chwningod bach a melinau gwynt a llawer o lythyrau. Mae'r inc ar rai o'r negeseuon wedi dechrau llifo'n ffrydiau bach glas gan iddi fwrw glaw ers i Lowri farw, ond mae negeseuon eraill mewn plastig i'w cadw'n dwt. Mae lluniau o Lowri hefyd, wedi'u torri allan o'r papur newydd lleol a'u gosod ar gerdyn gyda sêr pefr a sticeri calonnau o'u cwmpas nhw. Dwi'n syllu ar yr holl Lowrïau yma ac maen nhw'n gwenu'n ôl yn wawdlyd.

'Siarada â fi,' meddaf o dan fy ngwynt. 'Plîs, Lowri. Fe wnaf i unrhyw beth. Unrhyw beth o gwbl. Dere 'nôl i siarad â fi, dyna i gyd.'

Mae llaw yn glanio ar fy ysgwydd. Dwi'n troi i edrych. Mr Lewis sy 'na. O'r nefoedd. Mae Lowri wedi'i anfon e.

'Cara druan,' meddai ef, gan roi ei law yn ysgafn ar fy ysgwydd. Mae e'n gweld y braw ar fy wyneb. Mae e'n tynnu ei law i ffwrdd fel petawn i'n rheiddiadur crasboeth. Mae e'n amlwg yn ofni fy mod i'n meddwl ei fod e'n ceisio cyffwrdd â fi.

'Wel, fe – fe adawa i ti mewn heddwch,' meddai ef, gan ddechrau camu i ffwrdd.

'Mr Lewis –' Mae fy llais yn swnio fel crawc. Dwi'n methu credu fy mod i'n mynd i ddweud hyn.

Mae e'n oedi, yn llawn pryder.

'Mr Lewis, dwi wedi bod yn meddwl. Fe fyddwn i'n hoffi ymuno â'r Clwb Rhedeg am Hwyl bob dydd Gwener.'

Mae e'n edrych wedi'i synnu. Dylai e fod wedi'i synnu hefyd.

'Dwi'n gwybod 'mod i'n anobeithiol am redeg.'

'Fyddwn i ddim yn dweud hynny,' meddai ef yn garedig, er mai dyna fyddai unrhyw berson call yn ei ddweud.

'Roedd Lowri eisiau ymuno, chi'n gweld a –'

'Dwi'n gweld,' meddai ef. 'Wel, dwi'n meddwl ei fod e'n syniad ardderchog, Cara. Dere aton ni ddydd Gwener nesaf. Bydd croeso mawr i ti.'

'Er na fydda i'n gallu cadw i fyny â phawb arall?'

'Nid rasio rydyn ni, ond cael hwyl yn rhedeg. Does dim gwahaniaeth a wyt ti'n rhedeg yn araf neu'n gyflym. Fe gei di redeg ar y cyflymdra sy'n gyfforddus i ti, Cara.'

'Fel malwoden?'

'Dy'n ni i gyd ddim yn rhedeg fel mellten, ti'n gwybod. Fe fydd sawl malwoden arall yn cropian wrth dy ochr di.'

Mae e'n gwenu ac yna'n fy ngadael ar fy mhen fy hunan. Ond dwi ddim ar fy mhen fy hunan. Mae Lowri'n gwenu wrth fy ochr.

'O Lowri, dwi wedi gweld dy eisiau di'n ofnadwy.'

'Rwyt ti'n mynd i *gasáu*'r Clwb Rhedeg am Hwyl!'

'Dwi'n gwybod.'

'Druan â Cara. A druan â fi hefyd. Dwi'n dechrau blino ar fod yn ysbryd. Dwi wedi gweld dy eisiau di hefyd.'

Dwi'n agor fy mreichiau. Allaf i ddim ei theimlo hi, ond mae hi yma, yn rhan ohonof i unwaith eto.

Dyma ni. Mae hi'n amser y Clwb Rhedeg am Hwyl. Ond nid hwyl yw hyn ac allaf i ddim rhedeg dros fy marw. Ffordd dwp o siarad. Mae cymaint ohonyn nhw. *Bu bron i mi farw. Ar fy marw. Petawn i'n marw.* Yr holl ymadroddion bach yma am farwolaeth ar flaen fy nhafod.

Dwi'n newid i wisgo siorts a chrys-T yn y gampfa. Maen nhw wedi cael eu gwasgu yn fy locer, felly maen nhw'n edrych yn anniben tost. Dydy'r siorts ddim yn fy ffitio i rhagor. Mae'r band gwasg yn llipa ac mae'r coesau'n edrych yn llydan. Bydda i'n rhedeg allan ohonyn nhw os nad ydw i'n ofalus.

Does gen i ddim esgidiau rhedeg iawn chwaith, dim ond rhyw bethau bach rhad, ond does dim ots gen i. Byddai angen adenydd go iawn ar fy esgidiau cyn y bydden nhw'n gwneud gwahaniaeth.

Dwi'n mynd i deimlo cymaint o gywilydd. Mae Seren Howells ac Anwen Miles yn newid hefyd. Seren yw Capten Chwaraeon yr ysgol i gyd, er mwyn popeth, ac mae Anwen lawn cynddrwg. Mae hi yn nhîm cyntaf yr ysgol ym mhopeth ac yn dda am nofio hefyd. Dwi'n siŵr fod ei choesau cyhyrog hi'n pwyso mwy na fi. Dwi'n teimlo mor dwp a thenau. Maen nhw'n syllu arnaf i'n chwilfrydig, gan feddwl tybed beth yn y byd dwi'n ei wneud yma.

Dwi'n baglu allan o'r ystafelloedd newid ac yn cerdded yn araf i'r caeau chwarae. Dwi wedi blino'n lân yn barod a dwi ddim wedi dechrau eto, hyd yn oed. Mae criw o Bencampwyr Chwaraeon yn gwneud ymarferion ymestyn fel petaen nhw ar fin cystadlu yn y Gêmau Olympaidd. Dwi'n credu mai'r peth gorau i mi yw sleifio i ffwrdd.

Mae Mr Lewis wedi fy ngweld i. Mae e'n codi ei law yn gyfeillgar ac yn prancio draw.

'Cara! Dwi mor falch dy fod ti wedi dod. Sut mae pethau? Cwestiwn twp. Ond efallai y bydd ychydig bach o ymarfer yn dy helpu di.

Nawr, dwi'n deall nad rhedeg yw dy hoff beth di, nage?'

Dwi'n nodio'n frwd.

'Wel, gwell i ti ddechrau gan bwyll bach felly. Cerdda o gwmpas y cae unwaith neu ddwy'n gyntaf.'

'Cerdded?'

'Yn gyflym – nid cerdded i weld ffenestri siopau. I ti gael cynhesu.'

Dwi *yn* gynnes. Yn rhy gynnes. Mae fy nghrys-T yn glynu wrtha i.

'Fe fydd e'n helpu i gael y gwaed i gylchredeg,' meddai Mr Lewis, wrth i mi chwythu i godi'r gwallt oddi ar fy nhalcen. 'Dere, yfa ychydig i ddechrau.'

Mae e'n cynnig potel o ddŵr i mi. 'Rwyt ti'n edrych fel bod eisiau pryd o fwyd pum cwrs arnat ti hefyd. Gest ti ginio heddiw, Cara?'

'Do,' meddaf i'n gelwyddog.

'Rwyt ti'n mynd mor denau,' meddai ef, yn bryderus.

'Ydy, dwi'n gwybod, mae'n broblem fawr!' Sam Tew sydd yno, yn pwffian rhedeg tuag atom, yn ddychrynllyd o fawr mewn tracwisg lwyd anferthol.

Mae Mr Lewis yn chwerthin. 'Mae synnwyr digrifwch anhygoel gyda ti, Sam.'

'Anhygoel yw'r gair,' meddai Sam Tew. Mae e'n codi ei freichiau i esgus dangos ei gyhyrau. 'O'r gorau! Gwyliwch yr Athletwr Anhygoel yn loncian!' Mae e'n edrych yn benderfynol ac yn rhedeg yn ei flaen.

'Hei, hei! Dal dy afael. Mae'n rhaid i ti gerdded am dipyn yn gyntaf. Fe gei di a Cara gadw cwmni i'ch gilydd. Ond tyn y dracwisg 'na'n gyntaf cyn i ti doddi yn y fan a'r lle.'

'Dyna'r pwynt, Mr Lewis, dwi eisiau llosgi'r braster.'

'Nid llosgi'n unig wnei di, ond *berwi*. Tyn y dracwisg.'

'O syr. Oes rhaid i fi? Dwi ddim eisiau tynnu'r dracwisg o flaen Cara, fe fydda i'n teimlo embaras.'

Dwi'n credu mai chwarae'r ffŵl mae e, ond mae e'n cochi hyd yn oed yn fwy wrth dynnu'r dracwisg. Mae e fel eliffant sy'n camu allan o'i groen.

'Pam yn y byd rwyt ti yma? Rwyt ti'n casáu rhedeg, fel fi,' meddaf.

'Ie, wel, dwi eisiau dod yn ffit, on'd ydw i?' meddai Sam.

Rydyn ni'n sylweddoli ein bod ni'n anobeithiol o anffit. Mae'r ddau ohonon ni'n fyr ein hanadl ar ôl cerdded yn gyflym o gwmpas y cae unwaith neu ddwy.

'Efallai nad ydw i eisiau bod yn ffit wedi'r cyfan,' mae Sam yn pwffian.

'Pwy sydd eisiau cyhyrau?' meddaf, wrth i'r lleill wibio heibio i ni'n hawdd.

Erbyn i ni fynd o gwmpas y cae'r trydydd tro, cropian rydyn ni, nid cerdded.

'Mae'n bryd i chi ddechrau mynd yn gynt,' meddai Mr Lewis, wrth loncian heibio. 'Dewch, ychydig yn gynt, y ddau ohonoch chi – ac yna fe driwn ni redeg am dipyn bach.'

'Dwi'n teimlo fel gorwedd am dipyn bach,' mae Sam yn ebychu.

'Beth am ymarfer mwy ar dy goesau a llai ar dy dafod?' meddai Mr Lewis.

I ffwrdd ag ef i'r pellter.

'Wyt ti'n meddwl mai bachgen mawr tew oedd e pan oedd e'n ifanc?' mae Sam Tew yn pwffian. 'Ac yna ymunodd e â Chlwb Rhedeg am Hwyl a dyma fe'n troi'n Rhedwr y Flwyddyn?'

'Yn bendant,' meddaf i'n sych. Yn llythrennol. Does dim poer ar ôl yn fy ngheg. Mae'r holl ddŵr yn fy nghorff yn dod allan o dyllau fy nghroen. O'r nefoedd, gobeithio bod y diaroglydd yn gweithio. Dwi'n teimlo'n erchyll. Diolch byth mai dim ond gyda Sam Tew dwi'n cerdded. Ac mae gwaeth cyflwr arno fe. Mae e'n pefrio fel jeli mefus, a does dim gwahaniaeth faint mae e'n sychu ei dalcen â'i hances boced, mae e'n dal i chwysu.

Mae tri bachgen ffit o Flwyddyn Deg yn fflachio heibio ac yn dweud rhywbeth creulon am forfilod. Maen nhw yn eu dyblau'n chwerthin. Mae Sam yn chwerthin yn hapus hefyd.

'Morfil mawr, fi yw hwnnw,' meddai ef, ac mae e'n meimio tasgu dŵr drwy dwll chwythu.

Mae'r bechgyn yn chwerthin eto ac i ffwrdd â nhw ar wib.

'Rwyt ti'n chwarae'r ffŵl bob amser, Sam Tew.'

'Mae'n well eu bod nhw'n chwerthin gyda fi nag am fy mhen i.'

Dwi'n edrych arno fe. Nid ar y jeli mawr coch, ond ar y bachgen y tu mewn.

'Dwi'n deall,' meddaf yn dawel. 'Mae'n ddrwg gen i . . . Sam.'

Mae e'n gwenu arnaf.

'Mae'n ddrwg gen i, ond fyddi di ddim yn gwenu'n hir,' meddai Mr Lewis, sydd wedi dod o gwmpas unwaith eto. 'Ry'ch chi'ch dau wedi cynhesu'n iawn nawr. Beth am redeg hanner ffordd o gwmpas y cae?'

'Gawn ni egwyl fach yn gyntaf?' mae Sam yn awgrymu.

'Wedyn fe fydd yn rhaid i chi gynhesu eto!' meddai Mr Lewis. 'Dewch, y ddau ohonoch chi. Rhedwch am dipyn. Ar gyflymdra bach hawdd.'

Mae Sam yn edrych yn benderfynol wrth iddo ddechrau. Dwi'n cau fy nyrnau ac yn ceisio gwthio fy hunan.

'Nage, chi'ch dau. Ymlaciwch. Peidiwch â gwasgu eich dannedd yn dynn. Rhedwch fel petaech chi'n hedfan!'

'O, da iawn, dwi'n un da i hedfan,' mae Sam yn ebychu, gan bwyso'r naill ffordd a'r llall.

'Ceisia redeg yn syth, Sam. A chadwch eich cyrff yn syth. Paid â phlygu fel dy fod ti hyd yn oed yn llai, Cara. Dal dy ben yn uchel.'

Mae e'n loncian yn ddiymdrech wrth ein hochr ni, wrth i ni faglu ac ebychu.

'Dwi ddim yn gallu anadlu!' mae Sam yn cwyno.

'O wyt, rwyt ti'n gallu! Os wyt ti'n gallu siarad rwyt ti'n gwneud yn wych.'

Dwi ddim yn gallu siarad hyd yn oed. Dwi'n grwgnach a chwyno nes i Mr Lewis deimlo trueni droson ni a gadael i ni gerdded am dipyn.

'Mae hyn i fod yn dda i ni?' meddaf, a'm gwynt yn fy nwrn.

'Dwi'n cael trawiad ar y galon, yn bendant,' meddai Sam.

'Wel, paid â gofyn i fi roi cusan bywyd i ti.'

'Dwi'n gwybod am ffordd hawdd o golli pwysau – torri fy nwy goes i ffwrdd. Ac fe fyddai e'n llai poenus,' meddai Sam, gan rwbio'i goesau. 'Dwi'n siŵr fy mod wedi tynnu llinyn y gar, fel mae pêl-droedwyr yn aml yn ei wneud.'

'Gad dy gonan, ond dwi'n siŵr 'mod *i* wedi cracio asgwrn,' meddaf.

Rydyn ni'n dal ati, gan ddychmygu rhagor o anafiadau. Mae'r cyfan yn artaith pur, ond mae hi'n dda cael rhywun i gwyno gydag e. Mae Lowri wastad yn gwibio ar y blaen ac yn dangos ei hun.

'Cara? Beth sy'n bod? Oes pigyn yn dy ochr di?'

Dwi'n ysgwyd fy mhen, yn methu deall.

'Lowri?' mae Sam yn gofyn yn ofalus.

Dwi'n syllu arno fe mewn syndod. Doeddwn i ddim yn disgwyl iddo fe ddeall. Mae'n rhyfedd. Dwi'n dechrau *hoffi* Sam Tew.

Efallai mai achos bod y ddau ohonon ni'n dwlu ar Lowri mae hyn. Dwi ddim yn gwybod ble mae hi. Ro'n i'n meddwl y byddai hi'n hedfan gyda fi. Hi yw'r unig reswm pam dwi'n gwneud ffŵl ohonof fy hunan yn rhedeg. Efallai y bydd hi'n disgwyl amdanaf i wrth y blodau.

Dwi'n cael cawod sydyn ac yn rhuthro i ffwrdd. Mae rhagor o flodau ffres yno, rhosynnau pinc a llawer o lilis, rhai mawr gwyn fel cwyr, sy'n drewi o angladdau.

'Mae'n rhaid bod y siop flodau leol yn gwneud ffortiwn,' meddai Lowri, gan lanio wrth fy nhraed yn union o'm blaen, fel bod rhaid i mi stopio'n stond.

Mae hi'n chwerthin.

'Ysbryd yn gwneud i ti stopio'n stond. Dyna hwyl.'

'Nid ysbryd wyt ti. Lowri wyt ti.'

'Lowri Angel,' meddai hi, gan roi ei dwylo at ei gilydd i esgus gweddïo. Mae hi'n troi ei phen, gan graffu ar ei chefn. 'Dwi ddim yn gallu gwneud adenydd. Dwi'n ceisio dyfeisio adenydd, rhai mawr pluog hyfryd, ond dwi ddim yn gallu gwneud cymaint â phlu bwji. O wel, dwi'n *gallu* gwneud popeth arall. Edrych ar hyn.'

Mae ei dillad du'n troi'n wyn fel eira ac mae ei gwallt yn codi i greu eurgylch perffaith. Mae hi'n edrych ar y blodau o dan ei hesgidiau perlog ac yn codi ei braich yn yr awyr. Mae rhosynnau'n mynd yn dorch am ei gwddf, yn llithro i fyny ac i lawr ar ei harddwn ac yn glanio ar bob bys. Mae lilis gwynion yn ffurfio clogyn persawrus o'i chwmpas, gan siglo wrth iddi symud, fel angel go iawn.

Yna'n sydyn mae hi'n rhoi un cam ymlaen, yn taflu ei phen, yn pwyntio un esgid ac yn syllu draw.

'Hei, dwi'n edrych fel Elvis nawr! Roedd e'n edrych dros ben llestri gyda'r clogyn gwyn 'na. Dwi'n edrych yn union fel Elvis.' Mae hi'n dechrau dynwared Elvis, gan symud ei chluniau yn ei throwsus llydan gwyn a throi'r esgidiau perlau'n esgidiau swêd glas llachar.

Mae'n rhaid i mi redeg i ffwrdd cyn i mi ddechrau chwerthin yn afreolus.

'Aros amdana i! Dwyt ti ddim wedi rhedeg digon heddiw?'

Mae Lowri'n hofran uwch fy mhen, gan gicio'i hesgidiau swêd fel eu bod nhw'n chwyrlïo i'r awyr, a rhwygo'r blodau i ffwrdd nes eu bod nhw'n cwympo i lawr fel conffeti.

'Ond oeddet *ti* yn y sesiwn Rhedeg am Hwyl? Dim ond o dy achos di wnes i fe. Ond fe ddiflannaist ti.'

'Ro'n i yno, yn barod i redeg gyda ti. *Ti* oedd yr un ddiflannodd, gyda'r twpsyn tew 'na.'

'Mae Sam yn iawn.'

'Www – Sam!'

'Cau dy geg, Lowri.'

'Fyddi di byth yn gallu cau fy ngheg i nawr. Dwi'n gallu siarad a siarad a siarad a siarad a siarad a siarad –' Mae hi wrth fy nghlust, yn gweiddi i mewn i'm pen i.

'Aros!'

'A siarad a siarad a siarad a siarad!'

'Rwyt ti'n fy ngwneud i'n wallgof.'

'Dyna mae ysbrydion i fod i'w wneud. A siarad a siarad a siarad a siarad a siarad a –'

'Cara?' Mae car yn aros wrth fy ymyl, gan roi sioc enfawr i mi. Dwi wedi bod yn ysgwyd fy mhen yn wyllt i ddianc rhag llais Lowri. Nawr mae'r stryd yn ysgwyd yn lle hynny. Mae popeth yn mynd yn aneglur.

'Cara, wyt ti'n iawn?'

'Miss Griffiths sy 'na, Cymraeg a Drama. O'r nefoedd, gobeithio nad oeddwn i'n siarad yn uchel â Lowri. Mae hi'n sefyll yn union wrth ymyl Miss Griffiths, a'i llygaid yn pefrio, yn awyddus i weld beth sy'n digwydd nesaf.

'Dwi'n iawn, diolch,' meddaf o dan fy ngwynt.

'Hoffet ti gael lifft adref?'

Mae hynny'n swnio'n syniad gwych. Dwi wedi ymlâdd ar ôl yr holl redeg. Dwi'n ysu am gael mynd i mewn i gar Miss Griffiths a gyrru i ffwrdd, ond mae Lowri'n rhythu arnaf i, gan ysgwyd ei phen.

'Diolch yn fawr, ond dwi'n iawn yn cerdded.'

'Sut wyt ti, Cara?'

Dwi'n codi fy ysgwyddau.

'Ro'n i'n meddwl dy fod ti wedi darllen *Joio Byw* Lowri yn hyfryd. Roeddet ti'n swnio'n debyg iawn i Lowri. Rwyt ti'n gwybod 'mod i wedi dechrau Clwb Drama? Roedd dy enw di i lawr, ond wedyn fe gafodd e ei groesi allan.'

'Fe – fe newidiais i fy meddwl.'

'Allet ti newid dy feddwl eto? Dwi'n meddwl y byddet ti'n wych.'

Mae'r gair yn disgleirio yn yr awyr – ond mae Lowri'n dal i rythu arnaf i.

'Dwi ddim yn siŵr, Miss Griffiths.'

Mae hi'n meddwl fy mod i'n swil. 'Beth am ddod wythnos nesaf, Cara, i roi cynnig arni. Mae rhai o'r merched yn dy ddosbarth di'n dod. Beca a Siwan.'

Mae Lowri'n ochneidio'n ddiamynedd. Mae hi'n gwthio'i ffordd drwy Miss Griffiths, a'i chrys chwys a throwsus glas, ac yn neidio allan ohoni yn ei dillad gwyn. Mae hi'n cydio yn fy mhen â'i dwylo ysbryd ac yn ceisio'i ysgwyd fel ei fod yn dweud 'na'.

'Cara? Wyt ti wedi brifo dy wddf?'

'Y – ychydig bach yn stiff mae e.'

'A dwi innau'n stiff *iawn* a dwyt ti *ddim* yn mynd i fod yn rhan o'r hen beth drama diflas 'na! Doedd hynny ddim yn rhan o'r fargen o gwbl! *Dyna pam* –'

Dwi'n gwrthod gadael iddi orffen y frawddeg.

'Mae'n ddrwg gen i,' meddaf wrth Miss Griffiths, ac yna i ffwrdd â fi ar wib. Mae Lowri'n rhedeg wrth fy ymyl, gan ddringo ysgol anweledig yn fuddugoliaethus.

Dwi'n rhedeg nes i mi droi'r gornel ac yna dwi'n cwympo'n swp yn erbyn y wal.

'Beth sy'n bod?' mae Lowri'n gofyn.

'Dwi'n teimlo'n ofnadwy.'

'Rwyt *ti*'n teimlo'n ofnadwy! Beth amdana i?'

'Dwi'n gwybod. Mae'n ddrwg gen i.'

'Dwyt ti ddim wedi bod yn ymddwyn fel petai hi'n ddrwg gen ti. Yr holl redeg a phwffian 'na gyda Sam Tew Twp!'

'Fe gadwa i draw oddi wrth Sam.'

'Sam *Tew*.'

'Sam Hynod o Anferthol o Dewach na Thew.'

'Yn hollol! Dyna welliant,' meddai Lowri, gan wenu. 'Beth am i fi ddod draw i dy dŷ di? Gawn ni ras?'

Mae hi'n chwyrlïo i fyny i'r awyr ac yn fy ngadael i ymhell ar ei hôl.

Felly nawr dwi'n gwybod sut mae'n rhaid i bethau fod. Dydy hi ddim yn wahanol iawn i'r ffordd oedd hi pan oedd Lowri'n fyw. Roedd hi eisiau fy sylw i gyd bryd hynny. Mae fy sylw i gyd ganddi nawr.

Mae hi'n cymryd ychydig o amser i bobl ddeall. Yn enwedig Sam Tew. Mae e'n hongian o gwmpas yn disgwyl amdanaf ar ôl gwersi. Mae e'n ceisio eistedd wrth fy ochr i amser cinio. Mae e'n disgwyl pan fyddaf yn cerdded adref o'r ysgol.

'Mae'n rhaid i ti gael gwared arno fe!' mae Lowri'n gorchymyn.

'Mae'n ddrwg gen i, Sam,' meddaf. Mae Lowri'n gwgu, mae hi'n benwan. Dwi'n tynnu anadl ddofn. 'Mae'n ddrwg gen i, *Sam Tew*. Dwi eisiau cerdded adref ar fy mhen fy hun.'

126

Mae e'n syllu arnaf. Dwi'n teimlo'n wael wrth weld ei wyneb. Dwi'n methu edrych i fyw ei lygaid. Dwi'n syllu heibio iddo fe ar flodau Lowri. Maen nhw dros y lle i gyd erbyn hyn, yn y cwteri a'r draeniau fel bod llifogydd bach bob tro mae hi'n bwrw glaw. Dechreuodd rhywun glirio'r hen flodau oedd wedi gwywo ond bu protestio mawr. Nawr mae pobl yn croesi'r heol ac yn cerdded ar yr ochr draw fel bod blodau Lowri'n cael llonydd. Hi yw'r unig un sy'n cerdded yno nawr, yn gwneud y ddawns flodau rhwng y rhosys cochion a'r lilis gwynion. Weithiau mae hi'n oedi i ddarllen rhai o'r llythyrau, edrych ar y lluniau a phlygu i gyffwrdd â thedi. Dwi wedi ei gweld hi'n crio, yn galaru drosti hi ei hunan. Bryd arall mae hi'n cerdded o gwmpas fel brenhines yn darllen y teyrngedau, gan gyhoeddi mai hi yw'r ferch mae'r mwyaf o alaru wedi bod drosti yn y dref, yn y wlad *i gyd*. Mae darn byr munud o hyd wedi bod ar y teledu. Recordiodd Dad e i fi. Pan fyddaf yn ei wylio fe, mae Lowri yno hefyd, yn ei hedmygu ei hunan. Ond weithiau mae hi mewn hwyliau drwg ac mae hi'n cicio'r blodau, yn eu sathru a'u mathru nhw fel petaen nhw'n ddail yr hydref, gan ddarllen, 'Lowri, byddaf i'n breuddwydio amdanat ti am byth,' mewn llais gwawdlyd dwl. 'Wel, breuddwydia di, cariad, fyddwn i byth wedi gwastraffu fy anadl arnat ti pan o'n i'n fyw.'

Mewn hwyliau fel hyn mae hi nawr, yn taflu tedis ysbryd a rhosynnau tryloyw at Sam Tew. Mae hi'n gweiddi rhegfeydd arno fe, gan symud yn ôl ac ymlaen o hyd.

'Ar beth rwyt ti'n edrych?' meddai Sam Tew.

'Ti!'

'Nage. Rwyt ti'n edrych fel petait ti . . . Wyt ti'n esgus bod Lowri yma o hyd weithiau?'

'Nac ydw!'

'Cerdda oddi wrtho fe! Pwy mae'r hen grinc yn meddwl yw e? Y bustach busneslyd. Dwed hwnna wrtho fe. *Dwed* e!' mae Lowri'n mynnu.

Felly dwi'n ei ddweud e ac yn rhedeg heibio, er fy mod i'n teimlo'n ofnadwy.

'*Pam* mae'n rhaid i ni fod mor gas tuag ato fe, Lowri?' dwi'n gofyn pan fyddwn ni bron â chyrraedd adref. 'Mae e'n dy *hoffi* di. Dyna pam mae e'n hongian o gwmpas drwy'r amser. I gael rhoi help i mi. Mae e'n ymddwyn fel petai e'n deall.'

'Pwy sy'n hidio?' meddai Lowri. 'Wir, nawr. Beth sydd rhyngot ti a Sam Tew? Wyt ti'n ei ffansïo fe, wyt ti?'

128

'Paid â bod yn dwp.'

'Nid fi sy'n ymddwyn yn rhyfedd a'i llygaid yn fawr, fawr pan fydd y mochyn 'na'n rhochian wrth fy ymyl i.'

'Paid! Paid â siarad fel yna amdano fe. Pam rwyt ti mor *grac*?'

'Pam? Fe ddylwn i fod wrth fy modd oherwydd 'mod i wedi marw, ddylwn i?'

'O'r gorau, o'r gorau, paid â mynd yn wyllt gacwn.' Dwi'n edrych arni, gan ddisgwyl iddi ddechrau hedfan fel cacynen wyllt o gwmpas yr awyr, ond yn sydyn mae hi'n mynd yn llipa, gan bwyso yn fy erbyn.

'Mae'n ddrwg gen i, Cara. Dwi ddim yn bwriadu dy boeni di fel yna. Ond weithiau dwi'n teimlo'n ofnadwy. Yn enwedig pan fyddi di'n sgwrsio â phobl a finnau heb neb i siarad ag e.'

'Dwi *i* yma i ti gael siarad â hi bob amser. Popeth yn iawn, Lowri.' Rhoddaf fy mraich amdani cystal ag y gallaf. 'Dwi ddim eisiau siarad â neb arall. Dim ond ti.'

Mae Sam Tew wedi deall y neges. Dydy e ddim yn fy nilyn o gwmpas yr ysgol neu'n aros amdanaf i wedyn. Pan fydd e'n fy ngweld i'n dod, mae e'n cerdded yn gyflym i'r cyfeiriad arall. Wel, mor gyflym ag y mae Sam yn gallu cerdded.

Ond mae'n rhaid i mi fynd i'r Clwb Rhedeg am Hwyl dydd Gwener o hyd. Mae Sam yno a dw innau yno ac mae Mr Lewis yn disgwyl i ni redeg gyda'n gilydd. Mae Sam yn esgus ei fod e'n cael trafferth gyda'i esgidiau rhedeg ac yn aros yn ôl wrth i mi gerdded ymlaen, ac yna mae e'n cerdded tua ugain cam y tu ôl i mi, er bod Mr Lewis yn amneidio arno i geisio dal i fyny â fi. Dwi'n dechrau rhedeg ac mae Sam yn rhedeg ymhell y tu ôl i mi, er bod yn rhaid iddo fe loncian yn yr unfan pan fyddaf i'n aros achos bod pigyn gen i yn fy ochr.

'Hei, Cara, beth sy'n bod arnat ti a Sam?' mae Mr Lewis yn gofyn.

'Dim byd,' meddaf, gan gydio'n dynn yn fy ochr.

'Plyga ymlaen. Fe aiff y pigyn mewn munud. Beth wyt ti'n ei feddwl, dim byd? Alli di ddim fy nhwyllo i. Ydych chi'ch dau wedi cweryla?'

'Naddo. Edrychwch, dyw e ddim byd i'w wneud â fi, Mr Lewis. Dim ond Sam Tew yw e.'

Mae Lowri'n curo ei dwylo.

Mae Mr Lewis yn gwgu.

'Dere, Cara, gad lonydd i'r bachgen. Do'n i ddim yn meddwl y byddet ti'n un o'r rhai sy'n galw enwau arno fe.'

Dwi'n teimlo'n ofnadwy. Dwi eisiau cael fy nghanmol gan Mr Lewis. Dwi eisiau i Sam fy mharchu hefyd. Ond mae hi'n *bwysicach* i mi fod Lowri'n fy nghanmol.

Dwi'n dechrau rhedeg eto er bod y pigyn yno o hyd. Mae Mr Lewis yn rhedeg wrth fy ymyl. Dwi'n arafu. Mae e'n arafu hefyd. Fydda i byth yn gallu rhedeg yn gynt na fe. Dwi ddim yn gallu cael gwared arno fe.

'Pam rwyt ti'n meddwl ymunodd Sam â'r clwb yn y lle cyntaf?'

'Dwi ddim yn gwybod,' pwffiaf.

Oherwydd ei fod e eisiau colli pwysau? Dod yn ffit?

'Achos ei fod e eisiau cadw cwmni i ti. Fe welodd e dy enw di ar restr Rhedeg am Hwyl. Roedd e'n gwybod y byddai hi'n anodd i ti heb Lowri.'

'Mae fy nghalon i'n gwaedu,' mae Lowri'n torri ar draws yn anghwrtais. 'Os gwelwch chi'n dda-a-a! Paid â meiddio dechrau meddalu, Cara. Dwyt ti *ddim* yn mynd i orfod dioddef Sam Tew.'

Dwi ddim yn ei ddioddef e. Mae e ymhell y tu ôl i mi, fel cysgod yn y pellter. Mae Mr Lewis yn rhoi'r ffidl yn y to ac yn gwibio i ffwrdd. Dwi'n rhedeg. Dwi'n cerdded. Dwi'n rhedeg. Dwi'n cerdded. Mae Lowri'n hedfan ac yn mynd din dros ben yn yr awyr. Mae hi'n cael hwyl. Dwi eisiau cael hwyl gyda hi. Hi yw'r rheswm pam dwi'n gwneud y rhedeg dwl 'ma. Ond dyw pethau ddim fel wythnos diwethaf. Mae'n ddiflas.

'Sut wyt ti'n gallu teimlo'n ddiflas a finnau gyda ti!' meddai Lowri'n wyllt gacwn.

Wnaiff hi ddim gadael llonydd i mi nawr. Mae hi yno drwy'r amser. Mae hi'n gwthio i mewn wrth fy ymyl adeg gwersi ac yn gwrthod gadael i mi wrando. Pan fyddaf i'n ceisio ysgrifennu mae hi'n mynd â'r beiro.

'Paid â gweithio, yr hen *swot* bach trist! Mae popeth yn iawn, dydyn nhw ddim yn disgwyl i ti wneud unrhyw waith go iawn. Rwyt ti'n dal i alaru, on'd wyt ti?'

Lowri ei hunan sy'n gwneud i mi deimlo'n drist. Bob tro mae athro'n aros ac yn ceisio cael gair tawel â mi, mae hi'n ymddwyn yn ofnadwy. Weithiau mae'n rhaid i mi blygu fy mhen a chuddio y tu ôl i 'ngwallt rhag i mi chwerthin.

Weithiau dwi'n teimlo fel llefain. Mae Beca'n garedig iawn wrtha i, yn enwedig gan fod Sam druan yn cadw draw. Mae hi wedi sylwi nad ydw i'n gwneud unrhyw waith, felly mae hi'n cynnig i mi gopïo ei gwaith hi. Yna, adeg egwyl mae hi'n torri ei Kit Kat yn ei hanner ac yn ei rannu â fi.

'Na, Beca, plîs. Bwyta di'r cyfan,' meddaf, ond mae hi'n gwrthod gwrando.

'Ddylwn i ddim bod yn bwyta siocled o gwbl,' meddai hi, gan roi dwrn ar ei bol bach tew. 'Fe fyddwn i wrth fy modd yn cael bod yn denau fel ti, Cara.'

Dydy hi ddim yn gall. Dwi'n casáu fy arddyrnau amlwg, fy mhenelinoedd miniog, fy mhengliniau esgyrnog. Mae bod heb gluniau a bronnau yn achosi cryn embaras i mi.

'Wyt, rwyt ti'n edrych yn erchyll,' mae Lowri'n gwawdio. 'Ond rwyt ti fymryn yn well na'r jeli pinc 'na. Pam rwyt ti eisiau treulio amser gyda'r holl bobl 'ma sy'n edrych fel *pwdin*? Tria gael gwared arni hi!'

'Dwi ddim yn gwybod sut,' meddaf yn uchel heb feddwl.

Mae Beca'n rhythu arnaf i. 'Wel, mae'n debyg y gallwn i fynd ar ddeiet, oni allwn i? Mae gwir angen i mi. Fe brynodd fy chwaer y trowsus hyfryd 'ma i fi ddydd Sadwrn ond mae fymryn yn rhy dynn. Mae'n iawn os ydw i'n sugno fy anadl i mewn. Hei, wyt ti eisiau dod draw heno a rhoi barn onest i fi, Cara?'

'Dwed wrthi fod ei phen-ôl hi mor fawr fel na ddylai hi wisgo *unrhyw* drowsus,' mae Lowri'n gweiddi.

'Mae'n ddrwg gen i, Beca, allaf i ddim.'

'Beth am yfory ar ôl yr ysgol?'

'Na, mae'n rhaid i mi fynd adre'n syth.'

'Wel, beth am ddydd Sadwrn? Roedd Cerys a Lowri'r Ail a fi'n meddwl mynd i nofio. Hoffet ti ddod?'

Dwi'n meddwl am bwll nofio glaswyrdd a nofio i fyny ac i lawr. Mae'n syniad mor hyfryd fel fy mod i'n nodio cyn y gallaf i rwystro fy hunan. Ond mae Lowri'n gwrthod gadael i mi fynd.

'Dwyt ti ddim yn mynd i nofio gyda'r criw 'na! Beth sy'n *bod* arnat ti?'

Dwi'n gwybod beth sy'n bod.

'Felly fe ddoi di?' meddai Beca, gan wenu.

'Na wnaf, alla i ddim. Mae'n ddrwg 'da fi, mae'n rhaid i mi fynd. Plîs paid â gofyn i mi wneud pethau o hyd, Beca. Alla i ddim.'

'Dim ond trio bod yn gyfeillgar ydw i!'

'Dwi'n gwybod. Ond – ond – alla i ddim bod yn ffrind i ti,' meddaf gan ei gwthio o'r ffordd.

Dwi'n teimlo wir yn wael. Drannoeth, amser egwyl, mae'n ofnadwy. Mae Beca yn troi ei chefn arnaf i ac yn bwyta'i siocled ar ei phen ei hun. Dwi'n ceisio meddwl am ffordd i esbonio iddi ond mae hi'n mynd at Cerys a Lowri'r Ail i gribo gwalltiau ei gilydd cyn i mi gael cyfle.

Mae Sam Tew yn llechu gerllaw hefyd, ond pan fyddaf i'n edrych draw arno mae e'n rhoi ei drwyn mewn llyfr ac yn osgoi edrych yn ôl.

'Dwyt ti ddim yn *siomedig*?' meddai Lowri, gan roi ergyd i mi, er bod ei llaw yn bownsio oddi arnaf i fel cysgod. 'Callia, wnei di, Cara!'

Byddwn i'n gall, oni bai am Lowri. Dwi'n cerdded yn araf i mewn o dan do ac yn cuddio yn y toiledau. Dwi eisiau cuddio rhag Lowri hefyd ond mae hi'n fy nilyn i mewn.

'Lowri! Aros *tu fas*!' Dwi'n ceisio'i gwthio hi.

'Dwyt ti ddim yn gallu fy ngwthio *i* o gwmpas,' meddai Lowri.

Dwi'n ceisio cau'r drws yn glep arni ond mae hi'n cerdded yn syth drwyddo ac yn y diwedd mae hi bron yn eistedd yn fy nghôl.

'Dwyt ti ddim yn gallu gadael llonydd i mi, dim ond am funud?'

'Gwylia di. Fe af i, am byth.'

'Pam mae'n rhaid i ti fod mor *lletchwith*?'

Allaf i ddim cofio a oedd Lowri cynddrwg â hyn bob amser. Roedd hi bob amser yn cael ei ffordd ei hunan, ond doedd hi ddim mor benderfynol. Roedden ni'n cael hwyl gyda'n gilydd, roedden ni bob amser yn chwerthin . . .

'O ydy, mae bod yn farw'n hwyl fawr,' meddai Lowri.

'Paid â darllen fy meddyliau i!'

'Paid â darllen fy rhai i!'

'Paid â bod mor ffyrnig, wnei di. Rwyt ti'n grac wrth bawb nawr. Hyd yn oed fi.'

'Ond dyw hi ddim yn deg! Rwyt ti'n fyw a finnau'n farw. Pam mai fel hyn mae pethau?' Mae hi'n plymio'n syth drwof i ac yn ôl eto, gan wneud i mi grynu. Mae eiliad frawychus sy'n teimlo fel petai hi'n dileu fy ymennydd, gan feddiannu fy meddwl yn llwyr.

'Paid. Dwi'n ei gasáu e pan fyddi di'n gwneud hynna.'

'Mae'n iawn i ti. Rwyt ti wedi cael dy angori'n ddiogel yn dy gorff bach tenau. Dwi'n casáu gorfod *hofran*.'

'Beth am yr adeg pan gadwaist ti draw? Ti'n gwybod, ar ôl yr angladd. *I ble* wnest ti hofran?'

'Fe arhosais i gyda Mam a Dad am dipyn. Ac yna . . . ' mae Lowri'n edrych yn llawn embaras.

'Os oes rhaid i ti wybod, fe driais i . . .' Mae hi'n amneidio ar yr awyr.

'Mynd i fyny?'

'Rwyt ti'n swnio fel petait ti mewn lifft! Do, fe es i i fyny.'

'Sut deimlad oedd hwnnw?'

'*Chyrhaeddais* i ddim unman. Dim ond hofran o gwmpas yn y dimbydwch. Fe ddechreuais i deimlo nad *fi* o'n i rhagor.'

'Dyna sydd i fod i ddigwydd, ie?'

'Dim syniad. Dwi ddim yn gwybod dim am y pethau 'ma. Es i ddim i'r eglwys erioed na dim. Efallai os wyt ti eisiau mynd i'r nefoedd bod rhaid i ti wybod amdano fe. Wnei di chwilio drosto i, Cara?'

'Sut? Mynd ar y we i chwilio am "nefoedd", ie?'

'Dwi ddim yn gwybod a *oes* nefoedd. Mae pobl yn credu mewn llawer o bethau gwahanol. Beth am angylion? Beth am chwilio amdanyn nhw ar y we?'

Dwi'n gadael iddi hi fy llusgo i i'r llyfrgell. Dwi'n gwneud fy ngorau i chwilio am angylion. Mae miloedd o gyfeiriadau atyn nhw, ond mae'r rhan fwyaf yn hanesion dwl am angylion sy'n ymddangos mewn mannau annhebygol fel siopau i helpu hen fenywod i wthio eu trolïau neu'n hercian allan yn sydyn ar ben meysydd parcio aml-lawr i stopio pobl sydd eisiau lladd eu hunain rhag neidio.

'Ai dyna dwi i fod i'w wneud nawr?' meddai Lowri. 'Helpu hen fenywod bach o gwmpas Tesco a thynnu pobl 'nôl cyn iddyn nhw neidio? Dyw e ddim yn *glamorous* iawn, ydy e?'

Dwi'n ceisio dod o hyd i angylion mwy uchel ael. Mae'n rhaid i mi fynd yn ôl mewn hanes. Dwi'n dod o hyd i rywbeth rhyfedd am rywun o'r enw Enoc a welodd dri chant o angylion yng nghanol y nefoedd.

'Felly beth oedden nhw'n ei wneud?' mae Lowri'n gofyn, wrth edrych dros fy ysgwydd.

'Canu.'

'A?'

'Dim ond canu. Roedd lleisiau swynol iawn ganddyn nhw.'

'O'r annwyl, dyna ddiflas,' mae Lowri'n ochneidio. 'O, wel, mae'n well i mi ymarfer.'

Mae hi'n taflu ei phen am yn ôl ac yn dechrau gweiddi ei fersiwn hi o 'Cytgan Haleliwia'.

'Haleliwia! Haleliwia! Haleliwia! Dyna eiriau diflas a dwl! Haleliwia!'

'Hisht! Bydd ddistaw, Lowri!' Mae pobl yn

syllu arnaf i. Yna dwi'n sylweddoli. Dydyn nhw ddim yn gallu ei chlywed hi. Dim ond fi maen nhw'n gallu'i chlywed.

Mae dwy ferch o flwyddyn saith sy'n chwerthin yn adran llyfrau gwyddoniaeth y llyfrgell yn rhoi pwt i'w gilydd ac yn sgriwio eu bysedd i ochr eu talcen. Mae sawl disgybl o flwyddyn un ar ddeg yn edrych yn bryderus. Mae Mrs Llywelyn yn syllu hefyd, gan bwyso dros gownter y llyfrgell i weld beth sy'n digwydd.

'Y dwpsen hurt!' meddai Lowri. 'Rwyt ti'n goch fel tân, ti'n gwybod.'

Dwi'n ceisio'i hanwybyddu hi, gan syllu ar sgrin y cyfrifiadur. Mae llu o angylion yn gwenu arnaf i'n hyfryd. Mae gan bob un eurgylch sy'n edrych fel het wellt. Mae eu hadenydd gwynion nhw wedi'u plygu fel nad ydyn nhw'n mynd yn sownd yn ei gilydd, ac mae eu gwisgoedd llaes euraid yn cuddio'u traed.

'Angylion, Cara?'

O Dduw mawr! Mae Mrs Llywelyn yn sefyll wrth fy ymyl.

'Dwi'n gwneud prosiect,' meddaf o dan fy anadl.

Mae Mrs Llywelyn yn oedi am eiliad.

'Cara, wyt ti'n cael sesiynau cynghori?'

'Pardwn?'

'Sesiynau cynghori mewn profedigaeth.'

Dwi'n ysgwyd fy mhen. Does gen i ddim syniad beth ydyn nhw, hyd yn oed.

'Dwi'n meddwl y byddai hynny'n syniad da. Efallai y dylwn i fod wedi'i awgrymu fe'n gynharach. Hoffet ti i mi gael gair â dy fam a dy dad?'

Dwi'n cnoi fy ngwefus. Dwi'n gwybod beth mae Mam a Dad yn meddwl am sesiynau cynghori.

'Fe fyddan nhw'n meddwl 'mod i mewn helynt yn yr ysgol.'

'Na fyddan, wrth gwrs nad wyt ti mewn helynt. Dim ond eisiau dy helpu di ry'n ni.' Mae Mrs Llywelyn yn plygu fel bod ei phen i lawr ar yr un lefel â fi. 'Allaf *i* helpu, Cara? Mae'n rhaid ei bod hi'n anodd iawn i ti, dwi'n gwybod, os wyt ti'n gorfod gwneud popeth heb Lowri.'

Allaf i ddim dweud wrthi. Dwi'n gwneud popeth *gyda* Lowri o hyd. Mae hi'n amlwg yn meddwl fy mod i'n hanner call a dwl fel mae hi. Mae hi'n edrych yn bryderus ar y rhes fach o angylion ar y cyfrifiadur drwy'r amser.

'Wyt ti'n meddwl bod Lowri wedi mynd i'r nefoedd?' mae hi'n gofyn, a'i hwyneb hithau'n goch fel tân hefyd.

'Nac ydw, Mrs Llywelyn.'

'Mae'n anodd dychmygu Lowri fel angel, o'nd yw hi!' meddai hi, gan wenu.

'Peidiwch â bod mor ddigywilydd!' meddai Lowri dros ei hysgwydd hi.

Dwi'n gorfodi fy hunan i beidio ag edrych arni hi. Dwi'n ceisio canolbwyntio ar eiriau Mrs Llywelyn. Mae hi'n dal i sôn am sesiynau cynghori.

'Dwi'n iawn, Mrs Llywelyn, wir i chi,' dwi'n mynnu.

Mae Mrs Llywelyn yn dyfalbarhau. Mae cloch y drws yn canu am wyth o'r gloch, wrth i *Pobol y Cwm* ddechrau.

'Pwy ar y ddaear sy 'na?' meddai Mam yn grac, gan gasglu'r llestri swper o'r hambyrddau.

Mae fy mhlât i'n dal yn llawn.

'O, Cara, pam nad wyt ti'n bwyta? Rwyt ti'n mynd yn anorecsig! Fe fydd yn rhaid i ti fynd at y doctor os nad wyt ti'n ofalus. Dan, cer i agor y drws.'

'Rwyt ti ar dy draed yn barod,' meddai Dad, heb symud o'r soffa.

'Y pwdryn dioglyd! Cara, cer di. Ac os mai'r plant sy'n gwerthu dwsteri sy 'na, dwed wrthyn nhw nad oes eisiau dim arnon ni, iawn?'

Nid plant sy 'na. Mrs Llywelyn sy 'na, er mai

prin dwi'n ei hadnabod hi. Y tro hwn mae hi mewn tracwisg a chrys-T, a'i gwallt yn rhydd ac yn wlyb, yn hongian dros ei hysgwyddau i gyd.

'Helo, Cara. Dwi wedi bod i'r ganolfan hamdden, ac ro'n i'n meddwl y byddwn i'n galw heibio i dy weld di ar y ffordd 'nôl.'

'O.' Dwi'n sylweddoli nad dyma'r ymateb iawn. Dwi ddim yn gwybod beth i'w wneud. Dwi ddim eisiau gofyn iddi ddod i mewn. Byddwn i'n marw o embaras, enwedig gan fod Dad yn dal i orwedd dros y soffa yn ei byjamas. Ond allaf i ddim gadael iddi sefyll fan hyn ar y balconi. Does neb wedi casglu'r biniau eto, felly mae bagiau creision a phecynnau losin gwag yn chwythu o gwmpas ei thraed hi, ac mae'r lle'n drewi.

'Cara, y bechgyn 'na sy 'na, ie?' mae Mam yn galw.

'Nage, Mam. Mrs Llywelyn sy 'ma,' dwi'n hisian yn ôl i mewn i'r fflat dywyll.

'*Pwy?*'

Mae Mrs Llywelyn yn esgus ei bod hi'n fyddar. Dwi'n edrych dros ei hysgwydd hi, a dyna lle mae Lowri'n neidio o gwmpas yn yr awyr denau, yn cael hwyl a hanner o fy achos i. Yna mae Mam yn dod ataf i, a golwg ddryslyd ar ei hwyneb.

'Dyma Mrs Llywelyn, Mam,' meddaf. 'Ti'n gwybod, o'r ysgol.'

'Beth wyt ti wedi bod yn ei wneud, Cara?' Mae Mam yn gwgu ar Mrs Llywelyn. 'Nid ei bai hi yw e, beth bynnag yw e, mae hi wedi bod yn cael amser caled. Mae marwolaeth Lowri wedi cael effaith fawr arni hi.'

'Dwi'n gwybod, dwi'n gwybod,' meddai Mrs Llywelyn yn ddifrifol. 'Dyna pam dwi wedi galw heibio. Er mwyn i ni gael sgwrs am y peth.' Mae hi'n edrych yn obeithiol ar y fflat y tu ôl i ni.

'Mae'n well i chi ddod i mewn, er y bydd yn rhaid i chi faddau i ni. Do'n ni ddim yn disgwyl i neb alw.' Mae Mam yn arwain Mrs Llywelyn i mewn i'r fflat, gan ysgwyd ei phen ar y papur wal yn y cyntedd sy'n dechrau dod oddi ar y wal. 'Ry'n ni'n mynd i addurno'r lle cyn bo hir. Mae fy ngŵr yn addo dechrau ar y gwaith drwy'r amser,' meddai hi o dan ei hanadl, gan wthio heibio i mi, i mewn i'r lolfa.

Mae Dad ar ei hyd ar y soffa, a siaced ei byjamas yn hanner agored, yn dangos ei fest frwnt.

'Dan!' meddai Mam.

Mae Dad yn codi ar ei eistedd, yn rhoi'r siaced dros ei frest, ac yn teimlo'r blewiach ar ei wyneb.

144

'Mae'n ddrwg 'da fi. Fe fydd yn rhaid i chi fy esgusodi i. Dwi'n gweithio'r nos. Fe af i ddechrau paratoi nawr.'

'Na, plîs, os oes eiliad gyda chi, Mr Morgan. Mrs Morgan. Fe hoffwn i gael sgwrs am ychydig funudau.'

Mae Dad yn edrych wedi drysu.

'Mrs Llywelyn o'r ysgol yw hi – ti'n gwybod, fe gwrddon ni â hi yn yr angladd,' meddai Mam. 'Athrawes Cara yw hi.'

Dwi'n gweld Dad yn dychmygu het smart ar ben Mrs Llywelyn. Mae e'n eistedd yn fwy syth eto.

'Nid athrawes ddosbarth Cara ydw i, a dweud y gwir. Dwi'n dysgu Ffrangeg iddi hi, dyna i gyd,' meddai Mrs Llywelyn, gan eistedd ar ymyl y soffa.

'Ie, wel, dyw hi ddim yn dda iawn am siarad Ffrangeg,' meddai Dad. 'Rwyt ti'n cymryd ar fy ôl i, on'd wyt ti, Cara? Dyw hi ddim yn wych iawn yn gwneud gwaith meddwl.'

'Na, na, mae Cara'n dda iawn yn Ffrangeg,' meddai Mrs Llywelyn.

Doeddwn i ddim yn sylweddoli hynny. Yr uchaf dwi wedi dod mewn profion Ffrangeg yw pumed neu chweched, ac roedd y prawf gawson ni'r wythnos diwethaf yn erchyll.

145

'Fe ddes i'n ail o'r gwaelod yn ein prawf diwethaf ni,' meddaf yn ddiflas.

'Cara!' meddai Mam. Mae hi'n edrych ar Mrs Llywelyn. 'Fe wnes i Lefel O Ffrangeg. A Sbaeneg. Dwi'n aml wedi meddwl am fynd i ddosbarth nos i ddysgu rhagor o eirfa.'

'Mae hynny'n syniad da,' meddai Mrs Llywelyn. 'Cara, dwi'n gwybod dy fod ti wedi bod yn gwneud yn wael yn ddiweddar, ond wir i ti, mae hynny i'w ddisgwyl. Mae'n rhaid bod pethau'n anodd iawn i ti nawr, heb Lowri.'

'Doedd Lowri ddim yn ei helpu hi, chi'n gwybod,' meddai Mam. 'Lowri oedd yn copïo gwaith Cara drwy'r amser. Roedd hi'n gwneud ei gwaith cartref i gyd drosti. Ro'n i bob amser yn meddwl nad oedd siâp arni hi.'

'Nid fi oedd yn gwneud popeth, Mam. Ro'n ni'n ei wneud e gyda'n gilydd.'

'Ro'n nhw fel dwy chwaer, Cara a Lowri. Roedd hi'n ferch hyfryd, yr hen Lowri fach,' medd Dad, ac mae dagrau yn ei lygaid.

'O, ry'n ni i gyd yn gwybod dy fod ti'n dwlu arni hi,' medd Mam yn swta. Mae hi'n troi at Mrs Llywelyn. 'Ga i wneud cwpaned o goffi i chi? Mae coffi go iawn gyda ni neu goffi parod. Neu gwpaned o de?'

'Wel, diolch. Cwpaned o goffi. Fe fydd coffi parod yn iawn.' Mae Mrs Llywelyn yn edrych arnaf i. 'Efallai y gallet ti wneud paned o goffi i ni i gyd, Cara?'

Dwi'n gallu gweld bod hyn yn codi gwrychyn Mam. 'Defnyddia'r coffi go iawn, Cara. Rwyt ti'n gwybod sut i ddefnyddio'r peiriant, on'd wyt ti? A'r cwpanau gorau. Ac agor becyn newydd o fisgedi, nid y rhai sydd yn y tun.'

Dwi'n nodio, heb gymryd sylw o'r hyn mae hi'n ei ddweud. Dydy Mrs Llywelyn ddim eisiau cwpaned o goffi, dim ond eisiau esgus i mi gael mynd o'r ystafell mae hi. Er mwyn iddyn nhw gael sgwrs fach amdanaf i.

Dwi'n sefyll yn y gegin, yn ceisio peidio â gwneud gormod o sŵn gyda'r cwpanau. Mae murmur lleisiau i'w glywed ond maen nhw wedi cau drws y lolfa felly dwi'n methu clywed yn iawn. Dwi ddim yn malio llawer beth bynnag.

Dwi'n rhoi fy mys yn y bowlen siwgr ac yn llyfu. Dwi'n cofio mam Lowri yn yr angladd. Dwi ddim wedi'i gweld hi ers hynny. Dywedodd rhywun eu bod nhw wedi mynd i ffwrdd am dipyn, am wyliau dramor. I'r Eidal.

'Gad i *fi* gael llyfiad!' Mae Lowri'n sefyll wrth fy ymyl, eisiau cael tro. 'Ie, gwych, yntê? Ro'n i bron â marw eisiau mynd i'r Eidal bob amser ond ro'n nhw'n dweud nad oedd chwant mynd arnyn nhw. Rhy dwym. A dy'n nhw ddim yn hoffi pasta. Felly ble maen nhw'n mynd yn syth ar ôl i mi farw? I'r Eidal, wrth gwrs. Dyw hi ddim yn deg!'

'Dwi ddim yn credu y byddan nhw'n mwynhau eu hunain.'

'Gobeithio nad ydyn nhw, wir!' meddai Lowri'n ddig.

'Rwyt ti eisiau iddyn nhw fod yn drist?'

'Wrth gwrs!'

'Am byth?'

'Yn bendant!'

Dwi'n llyncu. 'Beth amdana i?'

'Yn bendant, bendant!'

'Ond dyw hynny ddim yn deg.'

'Dyw hi ddim yn deg 'mod i wedi cael fy lladd, ydy hi?'

'Dwi'n gwybod, ond . . .'

'Chei di ddim bod yn hapus hebddo i.'

Gorchymyn yw e. Mae'n rhaid i mi ufuddhau.

'Hei?' Mae Lowri'n syllu i'm hwyneb i. 'Pam mae dy wefusau bach di'n crynu, 'te? Nid *fi* sydd ar fai. Dwyt ti ddim yn gallu cadw i fynd hebddo i, rwyt ti'n gwybod hynny. O'r dechrau'n deg, pan o'n ni'n fach, Lowri-a-Cara mae hi wedi bod, iawn? Felly nawr Lowri-a-Cara fydd hi hefyd. Lowri'r Ysbryd a Cara Hanner Call a Dwl. Mae Mrs Llywelyn wedi dod i weld dy fam a dy dad oherwydd mae pawb yn yr ysgol yn meddwl dy fod ti wedi mynd yn ddwl bost.'

Mae hi'n iawn. Pan dwi'n mynd â'r hambwrdd swnllyd yn ôl i mewn i'r lolfa mae'r sgwrs yn dod i ben. Mae Mrs Llywelyn yn edrych yn bryderus. Mae Mam yn edrych yn wyllt gacwn, er ei bod hi wedi rhoi ei gwên gymdeithasol ar ei gwefusau, mor ofalus â minlliw. Mae Dad yn dal i edrych wedi drysu.

'Nawr, Cara. Mae Mrs Llywelyn yn dweud dy fod ti mewn trafferth yn yr ysgol,' meddai ef, gan helpu ei hunan i'r cwpaned cyntaf o goffi yn ddifeddwl.

'Naddo ddim, Mr Morgan!' mae Mrs Llywelyn yn protestio.

'Dad! Gad i Mrs Llywelyn gael ei choffi'n gyntaf!'

'Wps! Sori!' Mae Dad yn rhoi ei gwpan e i Mrs Llywelyn, er ei fod e wedi cymryd llymaid ohono fe'n barod.

'Na, na, popeth yn iawn, fe gymeraf i hwn,' meddai Mrs Llywelyn. 'Nawr, fe ddwedais i nad oedd Cara mewn trafferth o gwbl, ond ei bod hi'n *ymddwyn* fel petai hi mewn trafferthion. Sy'n ddigon naturiol, wrth gwrs, fe fyddai hi'n ddwl i ni ddisgwyl fel arall,' mae hi'n parablu, gan geisio nodio arna i'n gysurlon.

'Mae hi'n dweud nad wyt ti'n fodlon siarad â neb. Rwyt ti'n aros ar dy ben dy hun,' meddai Mam. 'Ro'n i'n gwybod nad oedd hi'n gwneud lles i ti fod gyda Lowri drwy'r amser. Fe ddwedais i fod angen i ti wneud ffrindiau eraill, on'd do?'

'Dwi ddim eisiau ffrindiau eraill.'

'Ie, wel, fyddi di ddim yn gwneud rhai chwaith, os wyt ti'n ymddwyn fel yna,' meddai Mam.

'Mae llawer o bobl sydd eisiau bod yn ffrindiau gyda Cara,' meddai Mrs Llywelyn.

'Dim ond y rhai trist fel Sam Tew a Beca Bisged,' mae Lowri'n gweiddi o'r gegin.

Dwi'n cael sioc o glywed ei llais hi. Mae Mrs Llywelyn a Mam a Dad yn syllu arnaf i.

'Beth sy'n bod arnat ti?' meddai Mam. 'Pam symudaist ti'n sydyn fel 'na? Rwyt ti'n ymddwyn fel petait ti . . .' Mae hi'n ochneidio, ac yn methu gorffen y frawddeg. Mae hi'n edrych ar Mrs Llywelyn. 'Felly fel hyn mae hi yn yr ysgol hefyd?'

Mae Mrs Llywelyn yn ei chael hi'n anodd.

'Wel, weithiau, Cara, rwyt ti fel petai dy feddwl di . . . yn rhywle arall.'

Mae hynny'n ddigon gwir. Sut alla i beidio bod fel yna pan fydd Lowri'n chwarae'r ffŵl drwy'r amser? Mae hi wrthi nawr, yn cerdded i mewn i'r lolfa, yn mynd o gwmpas Mam, yn eistedd ar bwys Dad, yna mae hi'n eistedd ar gôl Mrs Llywelyn, yn chwarae â'i gwallt hi, yn ceisio'i blethu. Dwi'n teimlo'r chwerthin yn dynn yn fy ngwddf. Dwi'n rhochian unwaith.

'Mae'n ddrwg gen i, Cara. Y peth diwethaf dwi eisiau ei wneud yw dy ypsetio di eto,' meddai Mrs Llywelyn.

Ond mae Mam yn edrych yn amheus arnaf i. Mae Lowri'n dynwared y ffordd mae hi'n edrych. Dwi'n rhochian eto.

'Paid, Cara!' meddai Mam yn swta.

'Ie, bihafia, wnei di?' meddai Dad. 'Rwyt ti'n ymddwyn yn hurt. Dwyt ti ddim eisiau i Mrs Llywelyn feddwl bod colled arnat ti, wyt ti?'

'Wrth gwrs nad ydw i'n meddwl hynny, Mr Morgan. Ond dwi *yn* meddwl – fi *a'r* athrawon eraill – y gallai helpu Cara drwy'r cyfnod anodd 'ma petai hi'n cael sesiynau cynghori.'

'Does dim angen y busnes 'na arni hi,' meddai Dad yn bendant.

'Nid seiciatrydd. Cynghorwr arbennig sydd wedi cael hyfforddiant.'

'Dwi ddim yn gweld pwynt yr holl fusnes cynghori 'na,' meddai Mam. 'Dyw e ddim yn mynd i newid dim, ydy e? A fydd e ddim yn helpu Cara os yw hi'n dal i alaru ac yn teimlo'n drist.'

'Ond mae cynghori'n gallu bod yn effeithiol iawn. Fe allwch chi gael rhywun i ddod i'r tŷ petai hynny'n haws.'

'Pwy sy'n mynd i dalu amdano fe?' meddai Mam. 'Fe fentra i nad yw e am ddim.'

'Wel . . .' mae Mrs Llywelyn yn oedi, mae'n amlwg nad yw hi'n siŵr. Mae hi'n troi ataf i. 'Beth wyt ti'n ei feddwl, Cara? Fyddai e'n ddefnyddiol, wyt ti'n meddwl?'

'Na fyddai! Dwed *na fyddai*, y ffŵl!' meddai Lowri. Mae hi'n dal fy mhen ac yn ceisio gwneud i mi ei ysgwyd er nad yw ei dwylo ysbryd hi'n gryf o gwbl.

'Na fyddai,' meddaf yn ufudd.

'Dwyt ti ddim yn meddwl y byddai hi'n helpu i ti gael siarad am y peth? I ti gael dweud beth bynnag rwyt ti eisiau? I ti gael egluro sut mae pethau i ti? Rwyt ti'n edrych fel petai rhywbeth yn dy flino di, Cara,' meddai Mrs Llywelyn, gan gydio yn fy llaw.

Dwi'n dechrau beichio crio.

'Dyna ni! Edrychwch, wir. Mae meddwl am y peth yn ei hypsetio hi,' meddai Mam.

Dwi'n cydio'n dynn yn llaw Mrs Llywelyn, byddai'n wych petai hi'n gallu fy achub i.

'Cara! Cer i nôl hances bapur,' meddai Mam.

Dwi'n gollwng ei llaw ac yn ufuddhau i Mam.

'Ry'n ni'n ddiolchgar i chi am boeni am Cara, Mrs Llywelyn, ond does dim angen sesiynau cynghori neu therapi arni hi. Un fach freudd-wydiol fuodd hi erioed, ond mae hi'n iawn os nad yw hi'n breuddwydio gormod. A dyw hi ddim eisiau mynd, fe ddwedodd hi hynny ei hunan.'

'Does dim pwynt cnoi cil ar y pethau hyn drwy'r amser,' meddai Dad.

Mae Mrs Llywelyn yn gweld nad oes pwynt iddi drafod ymhellach. Mae hi wedi cnoi a chnoi ond mae Mam a Dad fel gwm cnoi llwyd ac mae hi'n methu newid pethau.

Mae hi'n rhoi'r ffidl yn y to.

'Wel, dere i siarad â fi yn yr ysgol os wyt ti eisiau, Cara,' meddai hi.

Mae Mam yn mynd â hi i'r drws ac yn diolch yn fawr iddi. Ond ar ôl iddi gau'r drws mae hi'n dechrau dweud y drefn.

'Pwy ddiawl mae hi'n meddwl yw hi, yn gwthio'i ffordd i mewn fan hyn ac yn rhoi'r argraff nad ydw i'n gwybod sut i ofalu am fy merch fy hunan?'

Mae Mam a Dad yn cytuno â'i gilydd, am unwaith.

'Mae hi'n ymddwyn fel petai colled ar Cara! Ac fe gaeodd hi ei phen yn ddigon clou pan ofynnon ni pwy sy'n talu! Maen nhw'n costio ffortiwn, y bobl 'na. Ydy hi'n meddwl ein bod ni'n graig o arian? A sôn am ennill arian, mae'n well i mi baratoi i fynd i'r gwaith.' Ond mae e'n oedi, gan redeg ei law yn lletchwith drwy fy ngwallt, fel roedd e'n arfer gwneud pan o'n i'n fach. 'Rwyt ti'n iawn, on'd wyt ti, Cara? Dwi'n gwybod dy fod ti'n drist ar ôl colli Lowri, ry'n ni i gyd yn drist. Ond rwyt ti'n ymdopi, on'd wyt ti, cariad?'

'Ydw, Dad, dwi'n ymdopi.'

'Da iawn ti,' meddai ef, gan gerdded i ffwrdd yn araf.

Wedyn mae e'n dod yn ôl yn gwisgo'i jîns gwaith ac yn tynnu ei waled allan o'i boced gefn.

''Co ti!' Mae e'n rhoi papur ugain punt i mi. Yna un arall. 'Pryna rywbeth neis i godi dy galon.'

'Diolch, Dad.'

'Ro'n i'n meddwl nad oedd arian gyda ti,' meddai Mam. 'Fe ddwedaist ti nad oedd arian sbâr gyda ti i dalu bil y papurau newydd, on'd do?'

'Edrych, paid â chega. Mae hapusrwydd Cara'n bwysicach na biliau papur newydd,' meddai Dad. Mae e'n gadael y fflat ar frys rhag iddyn nhw ddechrau cweryla go iawn.

'Dyw e ddim hyd yn oed yn sylwi a wyt ti *yma* hanner yr amser,' meddai Mam yn chwerw.

Dwi'n cynnig un o'r papurau ugain punt iddi hi.

'Na, na, cadw di'r arian, cariad. Dwi ddim yn gwarafun i ti gael yr arian, paid â meddwl hynny. Dy dad yw'r broblem, dyna i gyd.' Mae hi'n oedi, a'i hwyneb yn dynn. 'Na, mae eisiau i ti gael hwyl, Cara. Beth am i ni gael diwrnod i'r brenin ddydd Sadwrn, dim ond ti a fi?'

Dwi ddim yn gwybod beth i'w ddweud. Mae'r cyfan mor rhyfedd. Dwi bob amser wedi dyheu am gael mam sydd eisiau mynd â fi i gael hwyl am y dydd, tad sy'n rhoi arian i fi brynu pethau neis – fel tad a mam Lowri. Doedd fy rhieni i byth yn ffwdanu – tan *nawr*.

'Beth am fynd i Gaerdydd?' meddai Mam. 'Fe awn ni o gwmpas y siopau dillad a chael coffi a chacen ffein, diwrnod i'r brenin go iawn, ie?

Fe fyddet ti'n hoffi hynny, oni fyddet ti? Dwyt ti ddim wedi bod i Gaerdydd ers oesoedd.'

Allaf i ddim dweud wrthi fy mod i wedi bod am drip bach slei o gwmpas siopau Caerdydd yn ddiweddar iawn. Dwi ddim yn siŵr a ydw i eisiau gwneud hyn eto gyda Mam ond mae pethau'n edrych yn iawn. Mae Lowri'n pwdu ac yn hedfan i ffwrdd a dw innau'n eistedd yn y trên gyda Mam, y ddwy ohonon ni'n edrych ar gylchgrawn sgleiniog. Rydyn ni'n chwerthin am ben rhai o brisiau'r dillad ac yn edrych ar y lliwiau newydd i ewinedd ac yn ffroeni'r samplau persawr. Mae Mam yn twt-twtian ar y modelau oherwydd eu bod nhw mor denau.

'Rwyt ti'n mynd i edrych fel yna dy hunan, Cara. Edrych arnat ti,' meddai hi, gan gydio yn fy arddwrn. 'Fel coes matsien. Mae'n edrych mor fregus. Mae'n rhaid i ni roi ychydig o gnawd ar yr esgyrn 'na!'

Mae hi'n mynd â ni am goffi a *dwy* gacen yr un ac yna mae hi'n prynu bocs o siocledi o wlad Belg. Rydyn ni'n bwyta'n hapus ac erbyn y diwedd rydyn ni'n edrych fel petaen ni'n gwisgo minlliw brown sgleiniog.

Dwi'n gwario'r £40 roddodd Dad i mi ar ddau dop, un yn flodau i gyd gyda llewys bach byr, a'r llall yn rhywiol iawn, yn dynn ac yn ddu. Dwi'n disgwyl i Mam wneud ffws am yr un du ond dim ond gwenu mae hi arnaf i.

'Rwyt ti'n tyfu ychydig bach, on'd wyt ti. Un fach swil fuest ti erioed – ond efallai y byddi di'n synnu pawb eto! Man a man i ti ddangos dy fola, gan ei fod e fel crempogen,' meddai hi. 'Ond dwi ddim yn gwybod beth fydd dy dad yn ei ddweud. Rwyt ti'n nabod dy dad.' Mae hi'n oedi. 'Cara, dy dad a finnau . . . wel, rwyt ti'n gwybod nad yw pethau'n dda rhyngon ni.'

Dwi'n nodio, heb edrych arni. Dwi ddim eisiau clywed. Dwi eisiau mynd i brynu rhagor o bethau neis.

'Efallai na ddylwn i ddweud hyn wrthot ti . . .'
Paid 'te!

'Mae'r bachgen ifanc 'ma yn y gwaith, Alun . . .'

Does dim angen iddi ddweud rhagor. Mae'n amlwg o'r ffordd mae hi'n dweud ei enw, fel petai e'n siocled arall a hithau'n mwynhau ei fwyta.

'Mae e mor . . .' mae Mam yn ochneidio. 'Ond, efallai na fydd dim byd yn digwydd. Dwi ychydig bach yn henach na fe. Ac mae e'n dipyn o dderyn. Ond, beth dwi'n ei ddweud yw, os bydd pethau'n mynd o ddifrif . . . Wel, *dwi* o ddifrif, Cara. Dwi erioed wedi teimlo fel hyn o'r blaen. Felly os oes cyfle iddo fe a fi –'

'Fe fyddi di'n gadael Dad?'

'Fyddi di ddim yn fy meio i, na fyddi? Dy dad a fi – wel, dyw pethau ddim wedi gweithio'n iawn erioed. Ro'n i'n dwlu ar rywun arall ac fe adawodd e fi, felly fe es i mas gyda dy dad. Fe oedd yr un oedd eisiau priodi pan sylweddolon ni dy fod ti ar y ffordd. Roedd pethau'n iawn i ddechrau – ond does dim llawer o *fynd* ynddo fe. Ac wedyn pan gollodd e'r swydd gyntaf 'na – wel, edrych arno fe nawr.'

'Ie, ond –' Dwi mor ofnus. Mae popeth yn chwalu'n sydyn.

'Dwyt ti ddim yn hidio llawer am dy dad, wyt ti? Dyw e erioed wedi cymryd llawer o sylw ohonot ti, ydy e?'

Dwi'n codi fy ysgwyddau, heb eisiau cyfaddef ei bod hi'n iawn.

'Fe fyddet ti'n dwlu ar Alun. Mae e'n hwyl a hanner. Allaf i ddim aros i ti gael cwrdd â fe. Dwi wedi sôn tipyn wrtho fe amdanat ti.' Mae Mam yn oedi. 'Dwi'n credu ei fod e'n meddwl efallai dy fod ti ychydig yn ifancach nag wyt ti, ond paid â phoeni am hynny. Efallai na fydd dim byd yn digwydd, ond os *bydda* i'n penderfynu gadael dy dad, rwyt ti'n gwybod y cei di ddod i fyw gydag Alun a fi. Fyddwn i byth yn dy adael di, Cara, ti'n gwybod hynny.'

'Byw ble?'

'Fe fydd yn rhaid trefnu hynny, wrth gwrs. Mae ei le ei hunan gan Alun ond dim ond fflat fach yw hi. Ond, fe drefnwn ni rywbeth. Does dim pwynt trafod popeth nawr achos does dim byd yn bendant, wyt ti'n gweld?'

Dwi'n gweld.

Dwi'n gweld Mam ac Alun yn y fflat fach yn cofleidio'n chwyslyd.

Dwi ddim yn gallu gweld fy hunan yno.

Dwi'n gweld Dad yn gorwedd ar y soffa yn ein fflat ni, yn fwy cysglyd a llipa nag erioed.

Dwi ddim yn gallu gweld fy hunan yno chwaith.

Does dim lle i mi. Does neb ar gael. Dwi'n cau fy llygaid. Dwi'n cofio am yr holl gynlluniau oedd gen i i'r dyfodol, sut roedd Lowri a minnau'n mynd i gael fflat gyda'n gilydd ar ôl gadael yr ysgol a sut roedden ni'n mynd i wneud popeth gyda'n gilydd . . .

'Fe allwn ni o hyd.'

Dwi ddim yn agor fy llygaid. Does dim angen

i mi. Mae Lowri'n union wrth fy ymyl. Dwi'n gallu teimlo'i hanadl oeraidd ar fy wyneb, ei gwallt yn goglais fy ysgwyddau, ei dwylo'n cydio am fy ngwddf.

Dydy hi ddim yn gadael llonydd i mi nawr. Mae hi yn y gwely wrth fy ymyl pan fyddaf i'n deffro. Os dwi'n ymestyn, dwi'n mynd yn syth drwyddi. Mae ei hwyneb hi'n chwerthin ar fy wyneb i pan fyddaf i'n glanhau fy nannedd. Mae hi'n eistedd ar ymyl y bath ac yn siarad pan fyddaf i ar y tŷ bach. Mae hi'n fy ngwylio i'n gwisgo ac yn tynnu fy nghoes â'r holl ddillad gwahanol sydd ganddi tra dwi'n gorfod gwisgo'r un hen ddillad diflas ddydd ar ôl dydd. Mae hi'n cnoi fy mwyd er nad yw hi'n gadael olion dannedd. Mae hi'n cerdded i'r ysgol gyda fi, gan barablu'r holl ffordd, yn mynnu cael atebion. Trueni na fyddai rhyw ffordd o osgoi safle blodau Lowri, ond mae hi'n gwrthod gadael i mi gerdded yr holl ffordd o gwmpas a mynd i'r

161

ysgol drwy'r ffordd gefn. Mae hi'n *dwlu* ar edrych ar yr holl flodau.

Aeth y blodau gwreiddiol i gyd yn rhyw fath o gawl du ac roedd yn rhaid eu clirio nhw yn y pen draw, ond mae blodau newydd sbon yn disgleirio ar y palmant, ac mae'r holl dedis a'r lluniau a'r llythyrau'n dal yno, ychydig yn llipa ac aneglur ar ôl sawl diwrnod glawog. Mae pethau newydd wedi cyrraedd hefyd, torch blastig enfawr oddi wrth y menywod cinio i gyd, cerflun santes o blastr, casgliad o botiau clai o'n dosbarth Celf, a blodyn bach yn tyfu'n fregus ym mhob un.

'Blodau bach?' meddai Lowri.

'Er cof amdanat ti.'

'Beth yw ystyr yr holl flodau plastig 'ma, er mwyn popeth?' mae Lowri'n gofyn.

'Dwi ddim yn gwybod. Mae e'n golygu eu bod nhw'n gweld dy eisiau di. Paid â dweud pethau cas amdanyn nhw.'

'Roedd y menywod cinio'n gas wrtha i bob amser pan o'n i'n cael cinio ysgol. Yn enwedig y gogyddes. Wyt ti'n cofio sut galwodd hi fi'n "Madam Ffyslyd" pan do'n i ddim eisiau'r hen ddarn o bitsa sych a gofynnais i am ddarn ffres?'

'Wel, roedd hi bron yn ei dagrau'r diwrnod o'r blaen pan roddodd hi fy nghinio i mi. Roedd hi'n ypsetio'n ofnadwy o dy achos di.'

'Trueni na all hi daflu cwpwl o bitsas ffres gyda chaws ychwanegol arnyn nhw ata i. Dyna un o'r pethau gwael am hofran yn yr awyr. Dim bwyd!' Mae Lowri'n syllu ar y cerflun. 'Pwy yw'r santes 'na 'te? Mair yw hi?'

'Mae rhosynnau ganddi hi. Efallai mai Santes Dorothy yw hi. Neu Santes Barbara neu Santes Theresa efallai. Un o'r gwyryfon fuodd farw'n ifanc.'

'Dyna anlwc! Dyw hi ddim yn deg. Ro'n i *wir* eisiau gwybod pa fath o beth oedd rhyw. Fe ddylwn i fod wedi mynd ychydig yn bellach pan fues i'n cusanu Rhys Siôn yn y parti Nadolig. O wel, fe fydd yn rhaid i ti wneud drosta i yn y dyfodol, Cara.'

'Dim diolch. Dwi ddim yn ffansïo'r syniad o gwbl.' Dwi'n oedi. 'Fyddai neb yn fy ffansïo i ta beth.'

'O wel. Fe alli di syrthio 'nôl ar Sam Tew,' meddai Lowri. 'Ond paid â gadael iddo fe syrthio 'nôl arnat *ti* neu fe gei di dy wasgu i farwolaeth! O leiaf roedd fy marwolaeth *i*'n drist. Fe fyddai dy farwolaeth *di*'n ddoniol iawn!'

'Dwi ddim yn gwybod pam mae'n rhaid i ti fod mor gas am Sam.'

'Sam *Tew*.'

'Mae e'n amlwg yn dal i ddwlu arnat ti.'

'Ie, wel. Ydw i fod i deimlo'n *falch* am hynny?'

'Lowri, fe yw'r unig berson sydd fel petai'n deall amdanat ti a fi.'

'Ond dy'n ni ddim eisiau iddo fe ddeall. Y tro nesaf mae e'n cerdded fel eliffant draw aton ni, dwed wrtho fe am gadw draw.'

Does dim rhaid i mi. Mae Sam yn cadw draw, hyd yn oed adeg Rhedeg am Hwyl bob dydd Gwener.

Mae'r cyfan yn llai o hwyl nawr. Mae Mr Lewis yn dal i fod yn garedig wrthyf i ond dwi ddim yn credu ei fod e'n fy hoffi nawr. Mae e wedi cael sioc ar ôl gweld pa mor gas dwi'n gallu bod. Dw innau wedi cael sioc hefyd. Dwi ddim yn hoffi fy hunan chwaith.

Y dydd Gwener hwn mae Mr Lewis yn ein rhoi ni i gyd ym mws mini'r ysgol ac yn ein gyrru ni i Barc y Deri. Rydyn ni'n rhedeg am ddeugain munud o gwmpas y trac beiciau ac yna i fyny'r bryn ac ar hyd y nant ac yn ôl i'r maes parcio, yn y pen draw. Wel, mae rhai ohonon ni'n rhedeg. Mae'r bechgyn sydd o ddifrif am chwaraeon yn gwibio ymlaen, a merched y tîm yn mynd y tu ôl iddyn nhw, yna'r rhedwyr canolig, y 'gweddill' . . . ac ar ôl bwlch hir, hir, fi, yn goch fel tân ac yn fyr ei hanadl, gyda Sam tua deg cam y tu ôl i mi.

Pryd bynnag dwi'n stopio, mae yntau'n stopio hefyd, oherwydd dydy e byth yn fy mhasio. Dwi'n ofalus nad ydw i'n edrych o gwmpas, ond dwi'n gallu clywed sŵn ei esgidiau rhedeg yn taro'r ddaear a'i anadlu trwm. Yna mae sŵn trymach o lawer ac ochenaid. Mae'n rhaid i mi edrych nawr.

Mae Sam wedi baglu dros wreiddiau coeden. Mae e'n gorwedd yn ei hyd, a'i freichiau a'i goesau ar led, felly mae e'n edrych fel llyffant mawr llwyd.

Mae Lowri'n dechrau chwerthin yn uchel. Dw innau'n pwffian hefyd. Mae Sam yn edrych i fyny arnaf, a'i sbectol wedi'i tharo i'r naill ochr ac yn hongian wrth un glust. Mae ei lygaid yn edrych yn binc ac yn noeth heb ffrâm o'u hamgylch nhw. Dwi'n teimlo'n gasach nag erioed. Dwi'n gwthio Lowri o'r ffordd ac yn rhedeg draw ato fe.

'Sam. Mae'n ddrwg 'da fi. Nid arnat ti ro'n i'n chwerthin go iawn.'

'Croeso i ti chwerthin lond dy fol,' mae e'n mwmian i'r borfa.

'Wyt ti wedi brifo?'

'Nac ydw, dwi'n gorwedd fan hyn achos 'mod i'n teimlo fel cael napyn bach.'

'O, Sam.' Mae ei goesau'n dal i edrych fel rhai broga. Efallai fod y ddwy wedi torri? Dwi'n penlinio ac yn dechrau tylino ei dracwisg yn ofalus. Mae Sam yn tynhau ei gorff. Yna mae e'n dechrau ysgwyd. Ai crio mae e? Nage, *fe* yw'r un sy'n chwerthin nawr.

'Beth sy'n ddoniol?'

'Rwyt ti'n fy ngoglais i! Beth wyt ti'n *wneud*? Wyt ti'n fy nghyffwrdd i neu beth?'

Dwi'n tynnu fy nwylo oddi arno fel petai e'n boeth fel tân.

'Wrth gwrs nagw i'n gwneud hynny! Ro'n i'n edrych i weld a oedd esgyrn wedi torri.'

'Dim ond fy nghalon i sydd wedi torri,' meddai Sam o dan ei wynt, gan godi ar ei ddwylo a'i bengliniau. Mae e'n ochneidio'n ddramatig.

'Wyt ti'n *siŵr* dy fod ti'n iawn?'

'Ydw, ydw, ydw,' meddai ef, gan godi'n araf ar ei draed. 'Sut i wneud ffŵl llwyr o'ch hunan mewn pum cam hawdd.' Mae e'n rhoi ei law ar ei fol mawr. 'Dwi ddim yn Mr Chwe Phecyn eto.'

'Beth?'

'*Six pack*, y dwpsen hurt!'

'Ond mae'r holl redeg 'ma'n gwneud lles i ti. Mae'n gwneud lles i ni.'

'Does dim angen i ti golli pwysau oes e, Cara?'

'Wel, mae angen i fi ddod yn ffit.'

'Ydy e . . . o help i ti?' mae Sam yn gofyn yn ofalus.

'Nac ydy, ddim wir.'

'Wel . . .' mae Sam yn amneidio. 'Ar dy ôl di. Paid â phoeni. Fe gei di lonydd. Os bydda i'n baglu eto, gad fi i orwedd yno, o'r gorau? Os ydw i'n dal yno pan fyddi di'n rhedeg 'nôl, rho gic i fi.'

'Na, fe eistedda i ar dy fola di a dy ddefnyddio di fel mainc i gael picnic arni. O dere, Sam, gad i ni redeg gyda'n gilydd. Mae'n ddrwg gen i fy mod i'n gymaint o ast o'r blaen.'

'Popeth yn iawn. Dwi'n deall.'

'Mae pawb yn deall, dwi'n credu. Ac mae hynny'n gwneud i mi deimlo'n wael. Nid fi yw'r unig un sy'n gweld eisiau Lowri, hynny yw, ro't ti'n amlwg yn dwlu arni hi hefyd, Sam.'

Mae e'n syllu arnaf i. 'Nid *hi* yw'r un dwi'n dwlu arni hi!' meddai ef.

Mae tawelwch mawr wrth i mi ddeall hyn.

167

Yna rydyn ni'n dau yn dechrau rhedeg, yn goch fel tân. Dydy Sam ddim yn fy hoffi *i*, ydy e?

'Do't ti ddim yn sylweddoli?' mae Sam yn pwffian.

'Mae hyn wedi digwydd achos nad wyt ti'n gallu hoffi Lowri nawr, ydy e? Rwyt ti wedi trosglwyddo dy deimladau ata i?'

'Nac ydw! Do'n i ddim mor hoff â hynny o Lowri. Do'n i ddim yn hoffi'r ffordd roedd hi'n dweud wrthot ti beth i'w wneud drwy'r amser.'

'Doedd hi ddim. Wel, *roedd* hi, ond doedd dim ots gyda fi.'

Dwi'n gwybod ei bod hi'n llechu yn rhywle nawr, yn gwrando. Mae hi'n mynd i fod yn wyllt gacwn. Dwi'n penderfynu nad oes llawer o ots gyda fi wrth i mi redeg o gwmpas gyda Sam ond dwi'n poeni ar ôl cyrraedd adref. Dwi'n aros iddi ddod, dwi'n teimlo'n sâl, dwi'n ofni y bydd hi'n dod ac yn ofni na fydd hi'n dod. Mae hi'n aros tan y bydda i'n cysgu ac yna dyma hi'n dechrau gweiddi a dw innau'n deffro hefyd, yn gweiddi ac yn dweud wrthyf fy hunan mai dim ond breuddwyd yw hi, ond nid breuddwyd yw hi, mae'r cyfan yn wir. Mae Lowri wedi marw, a fi sydd ar fai . . .

'Rwyt ti'n edrych fel ysbryd bach, Cara!'

meddai Mam yn y bore, ac mae Lowri'n chwerthin yn groch.

Mae'n rhaid fy mod i'n edrych yn erchyll oherwydd mae Mrs Llywelyn yn dod ataf i yn y coridor ac yn gofyn a ydw i'n sâl.

'Na, dwi'n iawn, Mrs Llywelyn,' meddaf, gan geisio mynd heibio iddi.

'Na, aros funud, Cara. Dwi eisiau i ti ddod i'r llyfrgell yn syth ar ôl cinio, am hanner awr wedi deuddeg, yn union.'

'Ond dy'n ni ddim yn cael bod yn y llyfrgell ar yr amser 'na, Mrs Llywelyn.'

'Ddim os nad oes caniatâd arbennig gyda ti. A dwi'n ei roi e i ti. Hanner awr wedi deuddeg, o'r gorau?'

Dwi ddim yn cyrraedd y llyfrgell tan ugain munud i un. Dydw i ddim wedi cael fy nal yn y ciw cinio. Dwi ddim hyd yn oed wedi ffwdanu cael cinio. Ond dwi ddim yn gallu cyrraedd mewn pryd o gwbl nawr. Dydy amser ddim yn golygu dim. Dwi'n methu cofio ai bore neu brynhawn yw hi. Gall pum munud gymryd oes neu gall pum awr ddiflannu'n llwyr.

Mae Mrs Llywelyn yn aros yn y llyfrgell gyda dynes hŷn. Dwi'n meddwl tybed ai athrawes newydd ydy hi. Mae ganddi wallt anniben sydd wedi britho. Mae hi'n gwisgo trowsus blodeuog llac, a blows lwyd gyda choler gwyn stiff. A! Dwi'n deall.

Dwi eisiau dianc ond mae Mrs Llywelyn yn fy ngweld i drwy'r drws gwydr ac yn neidio ar ei thraed. Mae'n rhaid i mi fynd i'r llyfrgell atyn nhw.

'Dyna ti, Cara! Ro'n i bron ag anfon rhywun i chwilio amdanat ti. Nawr, dyma Mrs Williams.'

'Ficer ydych chi?'

Mae hi'n chwerthin. 'Nage, mae arna i ofn. Dwi'n hyfforddi ar hyn o bryd, Cara. Dim ond caplan ydw i ar hyn o bryd.'

'Efallai dy fod ti wedi gweld Mrs Williams yng Nghanolfan Siopa Glanyrafon,' meddai Mrs Llywelyn.

Dwi'n rhythu arni. Dydy Mrs Williams ddim yn edrych fel petai hi'n siopa yn Kookai a Morgan a La Senza.

'Dwi'n gweithio yno. Dyna eglwys gadeiriol y dref, mewn gwirionedd. Mae miloedd o bobl yn addoli yno bob dydd. Dim ond deg hen wraig fach sy'n dod i'r eglwys yn gyson felly dwi'n mynd o gwmpas y Ganolfan gyda'r siopwyr i weld a oes rhywun eisiau sgwrs fach.'

'A nawr mae Mrs Williams yma i gael sgwrs

fach â ti, Cara,' meddai Mrs Llywelyn. 'Wel, mae'n well i mi fynd. Dwi i fod ar ddyletswydd. Fe wela i di, Llinos.'

Felly maen nhw'n amlwg yn ffrindiau. Allaf i ddim credu hyn. Efallai fod Mrs Williams yn mynd i *weddïo* gyda fi!

'O Dduw, dwi'n teimlo'n llawn embaras,' meddaf o dan fy anadl.

'Paid â phoeni, dw innau'n teimlo'r un fath,' meddai Mrs Williams. 'A ti soniodd gyntaf am Dduw, Cara, nid fi. Dwyt ti ddim yn mynd i gapel neu eglwys, wyt ti?'

'Nac ydw.'

'Wel, ymlacia. Dwi ddim wedi dod i geisio rhoi tröedigaeth i ti – ond petait ti eisiau dod i'r eglwys fe fyddai croeso mawr i ti. Na, fe ofynnodd Ann – Mrs Llywelyn – i fi ddod draw i'r ysgol achos mae hi'n gwybod fy mod i wedi gwneud cwrs cynghori mewn profedigaeth.'

'O.'

'O'r annwyl! Rwyt ti'n edrych fel petawn i newydd ddweud mai deintydd ydw i. Paid â phoeni, dwi ddim yn mynd i ddrilio i mewn i dy enaid di. Fe allwn ni gael sgwrs. Neu gallwn ni wingo'n dawel am ddeg munud a rhoi'r ffidl yn y to.'

'Wel, ry'ch chi'n garedig iawn, ond . . .'

'Rwyt ti'n teimlo nad yw hi'n ddim busnes i fi.'

'Wel, mae hynny'n swnio'n haerllug.'

'Ac rwyt ti'n meddwl na allwn i byth ddeall. Dyma fi, menyw dew o'r eglwys mewn trowsus dwl, yn gwenu heb ofal yn y byd. Beth dwi'n ei wybod am alaru? Wel, gwrandawa, Cara, dwi ddim yn gwybod sut mae pethau i ti, ond dwi'n gwybod sut mae pethau i mi.'

Dwi'n edrych arni.

'Fe gollais i blentyn. Fe gollais i sawl babi, ro'n i'n eu colli nhw cyn iddyn nhw gael eu geni o hyd, ond yna fe ges i ferch fach, y ferch fach hyfrytaf, Branwen. Wyt ti eisiau gweld ei llun hi?' Mae hi'n dod â llun o'i bag o ferch fach a gwallt cyrliog sy'n gwisgo dyngarîs.

'Mae hi'n annwyl.'

'Oedd, roedd hi'n hyfryd. Roedd pawb yn meddwl hynny, nid dim ond ei mam a'i thad. Ond wedyn fe aeth hi'n sâl. Lewcemia. Maen nhw'n gallu ei wella fe'n aml y dyddiau hyn ond lwyddon nhw ddim gyda Branwen. Fe fuodd hi farw pan oedd hi'n bum mlwydd oed.' Mae hi'n siarad yn hollol ddidaro, fel petai hi'n rhoi rhagolygon y tywydd i mi, ond mae ei llygaid hi'n ddisglair ac mae dagrau'n dechrau treiglo i lawr ei bochau.

172

Dwi'n edrych i ffwrdd yn gyflym.

'Dwi bob amser yn crio pan fyddaf i'n siarad amdani,' meddai hi, gan dynnu ei sbectol a'i sychu yn ei blows lwyd. 'Wyt ti wedi bod yn crio llawer, Cara?'

'Dwi ddim yn crio llawer, a dweud y gwir.'

'Mae e'n gallu dy helpu di, ti'n gwybod.' Mae hi'n chwythu ei thrwyn – mewn hances boced, nid yn ei blows – ac yn rhoi ei sbectol ar ei thrwyn eto. 'Mae dagrau'n cael gwared ar yr holl wenwyn, medden nhw. Rwyt ti'n teimlo'n ofnadwy pan fyddi di'n galaru, on'd wyt ti? Mae dagrau'n gallu gwella pethau. Maen nhw wedi dadansoddi dagrau. Paid â gofyn i mi sut maen nhw'n ei wneud e, dwyt ti ddim eisiau dal gwydrau bach wrth dy lygaid pan fyddi di'n beichio crio, ond beth bynnag, mae cynnwys cemegol dagrau tristwch yn wahanol i'r dagrau arferol sy'n dod pan fydd ychydig o lwch yn dy lygad.' Mae hi'n syllu arnaf i. 'Rwyt ti'n meddwl fy mod i'n siarad dwli, on'd wyt ti?'

Dwi'n ysgwyd fy mhen.

'Gawsoch chi ragor o blant ar ôl Branwen?'

Y tro hwn, mae hi'n dal ei hanadl. Yna mae hi'n rhoi ochenaid drist. 'Naddo. Fe dries i. Ond ddigwyddodd e ddim. Felly fe benderfynais weld a allwn i helpu pobl eraill. Rywsut mae hynny wedi fy helpu i hyd yn oed yn fwy.'

'Ond dyw e ddim yn gwneud i Branwen ddod 'nôl.'

'Nac ydy, dyw e ddim. Mae'n brifo, yn fawr iawn. Weithiau dwi ddim eisiau codi o'r gwely. Ond ar ôl cael cawod boeth a bwyta brecwast dwi'n gallu wynebu'r diwrnod fel arfer. Dwi ddim yn credu mewn galaru ar stumog wag, fel y gweli di.' Mae hi'n rhoi ei llaw yn ysgafn ar fryn blodeuog ei bol. 'Rwyt ti'n edrych fel pe gallet ti wneud y tro â llond casgen o frecwast, Cara. Dwyt ti ddim yn gallu bwyta o gwbl ar hyn o bryd, cariad?'

'Dwi ddim yn teimlo bod eisiau bwyd arna i, wir.'

'Siocledi? Hufen iâ? Pethau bach drwg fel yna. Bwyd sothach yw'r unig ateb weithiau os wyt ti'n teimlo'n sâl wrth weld llond plât o gig a llysiau. Dwi'n siŵr fod dy fam yn mynnu dy fod ti'n bwyta, on'd yw hi?'

'Ydy, ond . . . mae hyn yn swnio'n ddwl, ond dwi ddim yn gallu llyncu bob amser, mae e fel petai rhywbeth o'i le ar fy llwnc i.'

'O, mae methu llyncu'n gyffredin iawn, 'mach i. Dwyt ti ddim wedi clywed y dywediad, bod â lwmp yn eich gwddf? Mae pob math o bethau'n mynd o chwith pan wyt ti'n galaru. Efallai y byddi di'n fyr dy anadl, neu'n teimlo'n sâl drwy'r amser, neu efallai fod gen ti boen yn dy fol neu yn dy frest, poen calon, yn llythrennol. Rwyt ti'n teimlo'n flinedig drwy'r amser hefyd, siŵr o fod. Mae galaru'n waith caled iawn.'

Dwi'n pwyso yn ei herbyn hi, yn teimlo'n wan gan ryddhad.

'Felly mae pobl eraill yn teimlo fel hyn hefyd?'

'Llwythi o bobl. Fe aeth fy meddwl i braidd yn rhyfedd hefyd. Ro'n i mor *grac*. Ro'n i'n wyllt gacwn wrth bawb. Ro'n i hyd yn oed yn teimlo'n grac tuag at Branwen fach am farw.'

'Pan fuodd Branwen farw . . .'

'Ie?'

'O'ch chi'n siarad . . .'

'Siarad â hi? Drwy'r amser. Dwi'n dal i wneud. Ond mae'r peth yn ddryslyd braidd nawr, oherwydd fe fyddai hi tua'r un oedran â ti nawr ond dwi'n dal i feddwl amdani fel merch fach bum mlwydd oed.'

'Pan fyddwch chi'n siarad â hi . . . Ydy e fel petai hi yno go iawn?'

'O, ydy. Yn enwedig yn union ar ôl iddi farw. Ro'n i'n teimlo o hyd, petawn i'n rhedeg i mewn i'w hystafell wely hi, fe fyddwn i'n ei gweld hi'n eistedd ar y mat yn chwarae gyda'i doliau i gyd. Fe gymerodd hi flynyddoedd cyn i mi allu dioddef newid unrhyw beth yn ystafell Branwen.'

'Ond doeddech chi ddim yn gallu ei *gweld* hi go iawn?'

'Ro'n i'n meddwl 'mod i'n ei gweld hi. Mewn siopau, ar y bws, hyd yn oed ar y teledu. Fe fyddwn i'n gweld mop o wallt cyrliog, penelinoedd esgyrnog, pâr o ddyngarîs, ac fe fyddai fy nghalon yn troi, ro'n i'n siŵr mai Branwen oedd hi o'r diwedd. Mae e'n digwydd yn aml iawn. Rwyt ti'n chwilio am yr un annwyl rwyt ti wedi'i golli. Ond yn hwyr neu'n hwyrach mae'n rhaid i ti sylweddoli nad oes pwynt. Dy'n nhw ddim yn dod 'nôl.' Mae hi'n edrych i fyw fy llygaid i. 'Dyw Lowri ddim yn dod 'nôl, Cara.'

Mae hi'n gwneud ei gorau glas.

'Dyna'r peth cyntaf mae'n rhaid ei wneud wrth alaru, cariad. Mae'n rhaid i ni dderbyn bod Lowri wedi marw. Mae hyn mor anodd, yn enwedig gan iddi farw mor sydyn.'

Dyw hyn ddim yn anodd. Mae'n amhosibl. Mae Lowri'n cerdded i mewn i'r ystafell ac yn eistedd wrth ei hochr hi. Mae hi yno, yn union fel y rhosynnau llachar ar drowsus Mrs Williams.

Mae Mam yn garedig iawn wrtha i, yn gwneud
prydau bwyd arbennig i mi, yn meddwl am
bethau bach dwi'n eu hoffi, yn gadael i mi dorri
fy ngwallt yn siop Toni a Guy, yn rhoi cit
ewinedd arbennig i mi fel bod fy mysedd pwt yn
tyfu ewinedd ffals gyda phatrymau a modrwy
fach ar fy mys bawd. Dwi'n hoffi fy steil gwallt
newydd a'r ewinedd newydd ond dydyn nhw
ddim yn rhan ohonof i, rywsut. Dwi'n symud fy
ffrinj newydd o'm llygaid bob pum eiliad ac yn
ffidlan yn ddiddiwedd ag ymylon fy ewinedd
newydd nes eu bod nhw'n tasgu i ffwrdd yn
llwyr.

'Paid â ffidlan cymaint, er mwyn dyn,' mae
Mam yn gweiddi. Yna mae hi'n edrych yn euog

ac yn gwneud cwpaned o siocled poeth i mi ac yn torri darn o gacen eisin i mi. Hi wnaeth y gacen, gan ddefnyddio'r un rysáit roedd hi'n arfer ei defnyddio i wneud fy nghacennau penblwydd. Mae'r gacen yn gwneud i mi gofio am yr holl bartïon pan oeddwn i'n fach. Mae'r eisin yn glynu wrth fy nannedd wrth i mi feddwl am Lowri'n chwythu'r canhwyllau iddi hi gael dwyn fy nymuniad pen-blwydd.

'Dwyt ti ddim yn crio, wyt ti?' meddai Lowri. '*Dwi* ddim yn crio, a fi yw'r un fydd byth yn cael pen-blwydd arall nawr.'

'Cymer ddarn arall, Cara, dere. Bydd yn ddiafol bach,' meddai Mam.

'Dyna syniad,' meddai Lowri. Mae hi'n rhoi bys bob ochr i'w phen i edrych fel cyrn. 'Efallai yr af i *i lawr* i gael gweld beth sydd yno?'

'Efallai mai dyna lle rwyt ti'n perthyn,' meddaf.

Mae hi'n fy arwain i bob math o helynt difrifol. Dwi ddim yn gwneud unrhyw waith go iawn yn yr ysgol o hyd. Dwi braidd byth yn ffwdanu gwneud gwaith cartref. Does dim gwahaniaeth gan rai o'r athrawon. Mae rhai eraill yn rhoi darlithiau bach i mi yn y ffordd ryfedd, lawn embaras maen nhw'n ymdrin â fi nawr. 'Dwi'n gwybod bod amgylchiadau arbennig, Cara.

Wrth gwrs ei bod hi'n anodd i ti. Gwna dy orau, dyna i gyd.'

Dwi'n gwneud fy ngwaethaf. Maen nhw'n ochneidio ychydig ond dydyn nhw ddim wir yn rhoi stŵr i mi. Yr unig athrawes sydd wir yn gwylltio yw Mrs Llywelyn, o bawb.

'Dwyt ti ddim wedi dod â dy waith cartref *eto*, Cara?'

'Ie, wel . . . fe wnes i fy ngorau glas, Mrs Llywelyn, ond dwi ddim yn gallu meddwl yn iawn,' meddaf, yn fy llais merch fach drist sy'n galaru.

Mae'r llais yn gweithio'n wych gyda'r athrawon eraill. Ond nid gyda Mrs Llywelyn.

'Paid â cheisio fy nhwyllo i. Wnest ti ddim o dy orau o gwbl! Does dim gwahaniaeth gen i os wyt ti'n dod â gwaith sy'n gymysglyd neu waith sy'n hollol anghywir. Efallai y byddwn i'n barod i wneud esgus drosot ti wedyn. Ond dwyt ti ddim wedi ffwdanu gwneud unrhyw waith o gwbl!'

'Ry'ch chi'n gwybod fel mae hi, Mrs Llywelyn,' dwi'n cwyno.

'Dwi'n gwybod dy fod ti'n cymryd mantais. Dwi'n gwybod dy fod ti'n anhapus iawn. Dwi'n gwybod dy fod ti'n gweld eisiau Lowri'n ofnadwy. Efallai y gallai siarad â Llinos Williams dy helpu

179

di. Ond mae'n rhaid i ti wneud ychydig o waith dy hunan neu fyddi di mor bell ar ei hôl hi fel na fyddi di byth yn dal i fyny.'

'Dwi ddim yn gweld y pwynt.'

'Fel y gelli di basio dy arholiadau a chael swydd ddiddorol a bywyd llawn.'

'Ie, ac mae rhai ohonon ni'n gaeth mewn marwolaeth fyw rwystredig!' mae Lowri'n gweiddi. 'Ewch i grafu, yr hen athrawes ddwl. Gadewch lonydd i fi a Cara. Dy'ch chi ddim yn deall!'

Dwi'n gorfod cau fy ngwefusau'n dynn rhag i mi ddweud geiriau Lowri fy hunan. Dwi ddim yn llwyddo bob tro. Dwi'n gas wrth Beca a Cerys pan fydda i'n eu clywed nhw'n siarad â Lowri'r Ail – oherwydd eu bod nhw'n ei galw hi'n Lowri.

'Lowri'r *Ail* yw hi, a dyna fydd hi bob amser. Fe fydd hi bob amser yn ail i Lowri. Felly peidiwch â meiddio ymddwyn fel mai *hi* yw Lowri.'

Maen nhw'n syllu arnaf i fel petai colled arnaf i. Dwi'n credu bod. Dwi'n hofran droedfedd o'r llawr fy hunan gyda Lowri, gan fynd yn fwy gwyllt a chas bob dydd.

Allaf i ddim dioddef bod yn yr ysgol nawr.

Allaf i ddim eistedd yn llonydd chwaith. Yn llythrennol, dwi'n symud o gwmpas cymaint fel bod cleisiau ar fy mhen-ôl esgyrnog. Dwi'n ymestyn ac yn dylyfu gên ac yn crafu; dwi mor aflonydd fel fy mod i'n edrych ymlaen at ddyddiau Gwener a'r sesiynau Rhedeg am Hwyl.

Dydy e ddim yn hwyl o hyd ond dwi'n dechrau gallu rhedeg. Dwi ddim yn *dda* am redeg. Dwi'n dal yn arafach na phawb arall heblaw am Sam. Ond dwi'n gallu cadw i fynd am lawer mwy o amser nawr, ac weithiau mae fy mhen i'n syth, mae fy ysgwyddau'n sgwâr, mae fy nghefn yn syth, a dwi'n dal ati. Mae e'n waith caled o hyd ond ddim mor galed ag oedd e.

'Gwych, Cara,' meddai Mr Lewis, gan loncian wrth fy ochr. 'Rwyt ti wedi cynyddu dy batrwm camau. Rwyt ti'n edrych yn dda, rwyt ti'n rhedeg fel milgi.'

Mae e'n ymddwyn fel petai e wedi anghofio fy mod i wedi bod yn gas wrth Sam. Mae Sam ei hunan yn rhedeg yn araf y tu ôl i ni.

'Beth amdanaf i, Mr Lewis?' mae e'n pwffian. 'Dwi ddim yn filgi fel Cara, ydw i? Dwi'n fwy tebyg i eliffant.'

'Rwyt ti'n gwneud yn dda hefyd, Sam,' meddai Mr Lewis. 'Rwyt ti'n dod yn ffit, fachgen.'

Mae Sam yn chwerthin yn groch, yna mae'n rhaid iddo fe stopio a pheswch.

'Ydw, siŵr iawn,' meddai ef, gan fwrw clustog fawr feddal ei stumog.

Er nad yw e mor fawr ag oedd e. Nac mor feddal. Mae e wedi colli ychydig o bwysau.

'Edrych ar Cara'n syllu arna i,' meddai Sam. 'Prin mae hi'n gallu cadw ei dwylo oddi ar fy nghorff newydd i.'

'Ha ha,' meddaf. Ond dwi'n gwenu arno fe.

'Ydych chi'ch dau'n ffrindiau eto?' meddai Mr Lewis.

'Ry'ch chi'n tynnu fy nghoes i,' meddai Sam. 'Dyna pam mae hi'n rhedeg yn gynt. Er mwyn dianc oddi wrtho i. Mae hynny'n wir, on'd yw e, Cara?'

'Rwyt ti wedi taro'r hoelen ar ei phen,' meddaf. Ond ar ôl i Mr Lewis redeg ymlaen, dwi'n arafu fel bod Sam a minnau'n gallu rhedeg gyda'n gilydd. Mae Lowri'n rhedeg gyda ni hefyd, wrth gwrs. Mae hi'n dweud pethau ofnadwy o ddigywilydd am Sam. Mae hi'n ceisio gwneud i mi eu dweud nhw hefyd. Mae'r cyfan yn gymaint o ymdrech fel mai prin dwi'n gallu canolbwyntio ar yr hyn mae Sam yn ei ddweud. Bob hyn a hyn mae e'n syllu arnaf i, bron fel petai'n gwybod yn iawn beth sy'n digwydd.

'Sori?' meddaf.

'Popeth yn iawn,' meddai ef yn dawel.

'Dwi – dwi ddim yn gallu – dwi'n meddwl o hyd –'

'Mae popeth yn iawn,' mae e'n ailadrodd.

'Rwyt *ti*'n iawn, Sam,' meddaf.

Mae Lowri'n gwneud y synau chwydu mwyaf ofnadwy ac yn gwneud i 'mywyd i fod yn ddiflas am ddyddiau. Mae hi'n gwrthod gadael llonydd i mi.

Mae hi'n chwyrlïo o gwmpas yr ystafell pan fydda i gyda Mrs Williams felly dwi ddim yn gallu siarad â hi'n iawn, hyd yn oed.

Dwi'n neidio ac yn gwingo ac yn symud wrth i Lowri wthio a gwasgu a thynnu ei thafod allan.

'Mae'n ddrwg gen i,' meddaf yn ddiflas. 'Dwi eisiau eistedd yn llonydd, ond dwi'n *methu*.'

'Dwi'n credu dy fod ti'n methu ymlacio oherwydd dy fod ti'n dal i chwilio am Lowri mewn rhyw ffordd. Rwyt ti'n methu wynebu'r ffaith ei bod hi wedi marw,' meddai Mrs Williams yn dyner.

Efallai fod Lowri wedi marw, ond mae hi *yma* o hyd.

'Allaf i ddim peidio â meddwl amdani,' meddaf.

'Eithaf reit hefyd,' meddai Lowri, gan nodio'n hapus.

'Wrth gwrs nad wyt ti'n gallu. Mae'n beth naturiol. Mae'r cyfan yn rhan o'r broses o alaru.'

'Dduw mawr, mae hi mor ddiflas,' meddai Lowri. 'Mae hi'n ymddwyn fel petai hi'n gwybod y cyfan, a hithau ddim yn gwybod dim byd. Dere, dwed wrthi. Dwed wrthi!'

'Dy'ch chi ddim yn gwybod dim byd am Lowri a fi. Dy'n ni ddim yn rhan o unrhyw broses, fel petaen ni'n rhyw fath o fwyd! Ry'ch chi'n gwneud i'r cyfan swnio mor *ddiflas*.'

Dwi'n rhoi fy llaw dros fy ngheg, dwi wedi cael sioc y gallwn i fod mor anghwrtais. 'Mae'n ddrwg gen i, do'n i ddim yn meddwl –'

'Mae popeth yn iawn, mae'n iawn, Cara.'

'Dwi ddim eisiau dweud pethau anghwrtais, Lowri yw e, dwi'n teimlo bod rhaid i mi ei chopïo hi,' dwi'n llefain.

'Y clapgi bach,' meddai Lowri, gan droi fy nhrwyn â'i bysedd ysbryd.

'Efallai dy fod ti'n copïo Lowri weithiau er mwyn teimlo'n agos ati,' meddai Mrs Williams.

'Nac wyt, rwyt ti'n fy nghopïo i achos 'mod

i'n well na ti, dwi'n harddach ac yn fwy deallus ac yn fwy o hwyl –' mae Lowri'n canu.

'Rwyt ti'n fwy creulon,' meddaf o dan fy anadl.

'Fe allwn i fod yn llawer, llawer mwy creulon. Dwi wedi bod yn garedig iawn, iawn wrthot ti hyd yma. Dwi ddim wedi sôn llawer am beth ddigwyddodd. Gaf i ddechrau, Cara? Wyt ti'n cofio pan oedden ni'n dod allan o'r ysgol a –'

'Na,' dwi'n torri ar draws Lowri, a dwi'n rhoi fy nwylo dros fy nghlustiau.

'Beth sydd, Cara?' meddai Mrs Williams, gan roi ei braich amdanaf.

'Dwi'n teimlo mor wael am Lowri'n marw oherwydd . . .'

'Oherwydd?'

'Alla' i ddim.'

'O'r gorau, cariad. Does dim rhaid i ti siarad amdano fe nawr. Efallai y byddi di eisiau siarad amdano fe rywbryd eto. Ond does dim rhaid i ti boeni am deimlo'n wael neu'n euog fel petait ti ar fai. Mae pawb yn teimlo hynny, hyd yn oed pan na fydd hynny'n wir o gwbl.'

Mae e'n wir. Ac mae Lowri'n pwyntio ataf i, gan weiddi, 'Euog, euog, euog!'

'Cara?' Mae Mrs Williams yn codi ar ei

thraed, mae'r sesiwn ar ben. 'Oes llun o Lowri 'da ti? Fe hoffwn i ti ddod â llun i'n sesiwn nesaf ni.'

Dwi'n treulio oriau'n edrych drwy'r holl luniau o Lowri sydd gen i, gan geisio dewis un. Mae lluniau o Lowri gen i cyn i mi ei hadnabod hi, hyd yn oed, un ohoni hi'n faban, yn borcyn, ac un arall ohoni hi â'i phlethau bach yn gwisgo gwisg nofio. Fe es â nhw o focs ffotograffau ei mam oherwydd bod Lowri'n edrych mor annwyl. Wedyn mae llwythi o ddyddiau'r ysgol gynradd a theithiau i Sain Ffagan a Llangrannog, ac un trip i Disneyland, Paris, lle mae Lowri'n edrych yn hynod o annwyl gyda chlustiau Mickey Mouse. Mae edrych drwy'r ffotograffau diweddar yn fwy anodd. Gwaith trist yw rhoi trefn ar yr holl Lowrïau sy'n gwenu.

'Paid â gwlychu'r ffotograffau, y ffŵl gwirion,' meddai Lowri. 'Sawl gwaith mae'n rhaid dweud wrthot ti? *Fi* ddylai fod yn crio. Fe fydd llond albwm mawr o dy ffotograffau di yn y dyfodol. Fydd dim un arall ohonof i. Hei, pam na thynnodd neb lun ohonof i yn fy arch? Ro'n i'n edrych yn hyfryd, dwi'n siŵr. Ha ha!'

Mae hi'n gorwedd ar y llawr, gan actio'i marwolaeth ei hun, a'i dwylo wedi'u croesi ar ei brest, ei llygaid ynghau, ei hwyneb yn llonydd fel santes.

'Gad hi, Lowri,' meddaf, gan grio.

Dydy hi ddim yn cymryd unrhyw sylw.

'Paid! Dwi'n casáu dy weld di fel 'na. Cwyd ar dy draed.'

Dwi'n ceisio ysgwyd ei hysgwydd ond mae fy mysedd yn mynd yn syth drwyddi, yn annifyr braidd.

'Lowri, rwyt ti'n codi ofn arna i.'

Yn sydyn, mae Lowri'n codi ar ei heistedd. Mae hi'n agor ei llygaid – mae hi'n agor ei cheg hefyd, led y pen, gan ddangos dau flaenddant newydd enfawr. Mae hi'n plygu tuag ataf.

'*Nawr* dwi'n codi ofn arnat ti!' mae hi'n gwichian. 'O Dduw, y dannedd mawr 'ma! Mae syched arna i, dwi eisiau *gwaed*!' Mae hi'n tynnu gwydryn peint o'r awyr. Mae'n llawn hylif coch. 'Dyna ni! Iechyd da!' Mae hi'n codi'r gwydryn ac yn yfed yn swnllyd, a'i dannedd sugnwr gwaed yn tincial ar y gwydr.

'*Ych a fi*!'

'Nage, iym sgrym!' meddai Lowri, gan sychu diferion coch oddi ar ei gwefusau â chefn ei llaw. 'Ond mae e'n oer. Dwi'n ei hoffi e'n gynnes. Ac yn *ffres*.' Mae hi'n taflu ei phen am yn ôl ac yna'n brathu'n galed ar fy ngwddf.

Dwi'n sgrechian. Er nad yw ei dannedd hi'n rhai go iawn a dydy fy nghroen ddim wedi cael ei dorri.

'Cara? Wyt ti'n iawn?'

O'r arswyd, dwi wedi deffro Dad.

'Ydw, dwi'n iawn,' galwaf.

'Ro't ti'n sgrechian.'

'Nac o'n, dim ond . . . ro'n i bron â gollwng rhywbeth, dyna i gyd.'

'Gollwng beth?' Mae Dad yn dod i mewn i'r ystafell ac yn syllu ar yr holl ffotograffau sydd o'm cwmpas i. 'O Cara,' meddai ef, gan ysgwyd ei ben.

'Ddylet ti ddim dod i mewn i fy stafell i heb guro ar y drws.'

'Sori. Ro'n i'n poeni amdanat ti.'

'Wel, dwi'n iawn.'

'Nac wyt, dwyt ti ddim,' meddai Dad, ac mae e'n penlinio wrth fy ymyl i. Mae e'n syllu ar yr holl luniau o Lowri, gan godi un, yna un arall. 'Roedd hi'n ferch fach hyfryd,' meddai ef, a'i lais yn dew.

Dwi ddim yn gallu dioddef ei glywed e'n siarad amdani fel hyn. Dwi'n eu codi nhw o'i afael e, gan eu plygu nhw ar ddamwain.

'Hei, hei! O'r gorau, wnaf i ddim o'u cyffwrdd nhw,' meddai ef, gan godi ei freichiau fel petawn i'n pwyntio dryll ato. Chwarae'r ffŵl mae e, ond mae ei lygaid yn dal i ddyfrhau. 'Cara? Beth sy'n bod? Pam dwi bob amser yn codi dy wrychyn di, cariad?'

Dwi'n syllu ar fy nghôl. 'Na, dwyt ti ddim, Dad.' Ond dyna mae e'n ei wneud. Mae'r tinc cwynfanllyd sydd yn ei lais wrth iddo ddweud 'cariad' yn dân ar fy nghroen.

'Nid dim ond ti sydd. Dy fam hefyd,' meddai Dad. 'Dwi ddim yn gwybod. Mae hi'n ymddwyn yn rhyfedd y dyddiau hyn . . .'

O'r nefoedd wen. Plîs. Paid â gofyn i fi.

'Wyt ti'n gwybod beth sy'n bod arni hi, Cara?'

Dwi'n codi fy ysgwyddau, gan edrych i lawr o hyd.

'Mae hi'n ymddwyn fel pe na bawn i yma hanner yr amser, neu mae hi'n mynd heibio i mi o bell fel petawn i'n bentwr o gachu ci. Os dwi'n ceisio mynd yn agos ati mae hi'n gwingo oddi wrtha i. Dwi ddim wedi gwneud dim byd o'i le. Dwi wedi gwneud fy ngorau i fod yn ŵr da, yn dad da.' Mae e'n ysgwyd ei ben, gan ochneidio'n llawn hunandosturi.

Dylwn i deimlo trueni drosto. Mae e mor

anhapus. Nid fe sydd ar fai, dwi ddim yn meddwl. Fe yw fy nhad i, wedi'r cyfan.

Dwi'n estyn fy llaw i'w rhoi hi'n ysgafn ar ei ysgwydd ond mae e'n meddwl fy mod i'n ceisio rhoi cwtsh iddo. Mae e'n fy nhynnu i'n nes nag ydw i eisiau bod.

'O Cara, rwyt ti'n dal i garu dy dad druan, on'd wyt ti?'

Allaf i ddim dweud y geiriau.

'Dad!' meddaf o dan fy ngwynt, gan wingo o'i afael.

'Hen un fach oeraidd wyt ti, yn union fel dy fam,' meddai Dad, gan droi yn fy erbyn. 'Plentyn bach rhyfedd.' Mae e'n codi un o'r lluniau sydd ar y llawr. Lowri ar lan y môr, yn gwenu'n hapus, a'i gwallt yn hedfan yn y gwynt, a'i sgert yn codi yn yr awel.

'Lowri fach. Roedd hi'n llawn bywyd bob amser,' meddai ef.

Mae e'n codi'r llun at ei wyneb fel petai e'n mynd i'w *gusanu*, ond mae e'n ailfeddwl. Mae e'n gadael i'r llun gwympo o'i fysedd ac yna'n cerdded allan o'r ystafell heb edrych yn ôl arnaf i.

Dwi'n codi hances boced ac yn sychu'r llun sawl gwaith. Does dim byd i'w weld ond dwi'n teimlo fel petai ei olion bysedd llaith drosto i gyd. Mae Lowri'n sychu ei hunan hefyd, gan wneud ystumiau.

'Mae'n ddrwg 'da fi.'

'Do'n i ddim yn hoff iawn o dy dad di.'

'Na finnau. Beth wnaf i os bydd Mam yn mynd i fyw at y boi 'ma sydd yn y gwaith?' sibrydaf.

Trueni na allwn i fynd draw i dŷ Lowri bob dydd a bod yn rhyw fath o ail ferch iddyn nhw. Ro'n i'n gwybod nad oedd ei mam hi'n fy hoffi ond roedd hi'n dal i wneud te arbennig i mi ac yn fy nghynnwys yn yr holl bethau roedd y teulu'n eu gwneud. Ac roedd tad Lowri'n hyfryd bob amser. Roedd e'n arfer ymddwyn yn ddwl ac yn chwarae bod yn arth fawr a byddai e'n ein chwyrlïo ni o gwmpas yr ardd pan oedden ni'n fach. Yna, ar ôl i ni fynd i'r ysgol uwchradd roedd e'n esgus ein bod ni wedi tyfu'n fawr ac yn ffysian o'n cwmpas ni fel petaen ni'n sêr ffilmiau. Dwi eisiau bod yn rhan o deulu Lowri eto. Dwi eisiau i Lowri fod yno . . .

'Dwi yma,' meddai Lowri, pan af i'r gwely. Mae hi'n penlinio wrth fy ymyl ac yn rhoi ei braich amdanaf cystal ag y gall hi. Mae hi'n fy siglo yn ôl a blaen ac yn dweud y gallwn ni fod gyda'n gilydd am byth fel hyn.

Mae'r noson yn mynd ymlaen am byth er bod breichiau Lowri'n dal amdanaf.

Pan fyddaf i'n gweld Mrs Williams drannoeth mae hi'n rhoi ei braich amdanaf hefyd. 'Diwrnod gwael, Cara?'

Mae Lowri'n casáu bod rhywun arall yn cyffwrdd â mi. Dwi'n symud oddi wrth Mrs Williams. Beth hoffwn i mewn gwirionedd yw codi fy mreichiau fel plentyn bach fel ei bod hi'n fy nghodi a rhoi cwtsh fawr i mi.

'Gofiaist ti ddod â'r llun?'

'Do'n i ddim yn gwybod pa un i'w ddewis.' Dwi'n rhoi detholiad dros fwrdd y llyfrgell. Mae Mrs Williams yn gwybod na ddylai hi gyffwrdd â nhw. Mae hi'n gwylio wrth i mi eu gosod nhw yn nhrefn oedran fel pecyn o gardiau. Dydy hi ddim yn dweud dim pa mor annwyl roedd Lowri pan oedd hi'n faban, y dillad hyfryd oedd ganddi, pa mor hardd yw hi yn y llun olaf.

Hwnna *yw*'r llun olaf. Fi dynnodd y llun ag un o'r camerâu taflu i ffwrdd ar drip ysgol i Lundain. Lowri brynodd y camera, a hi dynnodd y rhan fwyaf o'r lluniau, ambell un twp ohonof i a llwythi o'r holl fechgyn yn chwarae'r ffŵl. Pan oedd hi bron ar ddiwedd y ffilm, es i â'r camera oddi wrthi a thynnu un llun ohoni hi. Mae hi'n dweud rhywbeth wrtha i, yn taflu ei gwallt yn ôl, yn chwerthin, gyda rhai o'r bechgyn yn y cefndir. Sam yw hwnna! Do'n i ddim wedi sylwi ei fod e yn y llun o'r blaen. Sam Tew yw e yn fan 'na. Mae e *wedi* colli pwysau nawr. Mae e'n edrych fel y bachgen tew sydd mewn comics fan yna, yn gwthio'i fol allan, heb fod neb yn ei gymryd e o ddifrif.

Ar bwy mae e'n gwenu? Mae e'n edrych yn syth ar y camera. Arnaf i!

'Nid amdanat ti ry'n ni'n siarad, amdanaf *i*!' mae Lowri'n sgrechian.

'Cara? Wyt ti'n iawn? Dwi'n gwybod bod hyn yn boenus. Ond dalia i edrych ar Lowri. Edrych arni drwy'r amser.'

Dwi'n syllu arni cymaint fel bod Lowri'n symud ac yn edrych yn aneglur.

'Ydy hi'n union fel rwyt ti'n ei chofio hi?'

Dwi'n cau fy llygaid am eiliad. Beth mae hi'n ei feddwl? Dim ond ychydig wythnosau'n ôl y buodd Lowri farw. Ydy hi'n meddwl fy mod i wedi anghofio sut mae hi'n edrych?

'Hy!' meddai Lowri. 'Rwyt ti'n fy nabod i'n well nag wyt ti'n nabod dy hunan.'

Ond pan fyddaf i'n edrych ar y llun o Lowri ac yna i fyny ar yr ysbryd, dwi'n gweld nad yw hi'n union yr un fath. Mae'r Lowri yn y llun yn fwy cyffredin, rywsut. Mae hi'n hardd iawn, mae hi'n edrych yn hyderus iawn, hi yw'r ferch y byddech chi'n sylwi arni gyntaf mewn tyrfa – ond merch ysgol gyffredin yw hi o hyd. Mae Lowri'r Ysbryd yn wyn ac yn rhyfedd ac yn wyllt. Dwi'n ceisio'i gwneud hi'n fach i weld sut byddai hi'n edrych mewn llun ond dydy hi ddim yn ffitio.

'Wrth gwrs nad ydw i!' mae Lowri'n protestio. 'Dwi wedi bod drwy gymaint o bethau, y dwpsen! Dyw marw ddim yn llesol i'r iechyd, ti'n gwybod. Wrth gwrs ei fod e'n effeithio ar sut dwi'n edrych. Ond edrych, efallai y gallaf i gael gweddnewidiad sydyn.' Mae hi'n clecian ei bysedd. Yn sydyn, mae colur newydd dros ei hwyneb. Clec arall ac mae ei gwallt wedi cael ei newid. Un glec olaf ac mae hi'n gwisgo'r un jîns a siaced ag mae hi'n eu gwisgo yn y llun.

'Dyna ni!'

Ond nid hi yw hi. Dydy hi ddim fel y Lowri yn y llun o hyd.

'Mae hi – mae hi wedi newid ychydig,' sibrydaf.

Mae Mrs Williams yn nodio fel petai hi'n deall.

'Dwi ddim eisiau iddi fod yn wahanol!'

'Dwi'n gwybod. Ond dyna sy'n digwydd. Rwyt ti'n rhoi syniad amdani yn dy ben ac mae hi'n anodd cario delwedd gywir o unrhyw un, hyd yn oed yr un rwyt ti'n ei garu fwyaf. Ac nid dim ond sut maen nhw'n edrych. Sut roedden nhw'n ymddwyn. Nawr 'te, dwed wrtha i am Lowri.'

'Wel. Ry'ch chi'n *gwybod* amdani hi. Hi oedd fy ffrind gorau.'

'*Yw* dy ffrind gorau di. Paid â newid amser y ferf fel 'na,' meddai Lowri. 'Dwed, 'te. Dwed wrth yr hen Ben-ôl Blodeuog amdanaf i.'

Dwi'n dechrau dweud wrth Mrs Williams mai Lowri oedd y ferch fwyaf poblogaidd yn yr ysgol i gyd, y ferch roedd pawb eisiau bod yn ffrind iddi, tra mae Lowri'n edrych yn falch yn y cefndir.

'Pam roedd Lowri mor boblogaidd?'

'Roedd hi'n hardd ac yn ddoniol ac yn gwneud i bawb chwerthin. Roedd hi'n gallu eich troi chi o gwmpas ei bys bach.'

'Felly roedd personoliaeth gref ganddi hi?'

'O oedd. Roedd hi'n gallu eich meddiannu chi.'

'Doedd dim gwahaniaeth gen ti?'

'Wrth gwrs nad oedd.'

'Doeddet ti ddim yn ei herio hi weithiau?'

Dwi ddim yn hoffi'r ffordd mae'r sgwrs hon yn datblygu.

'Dwi'n hoffi gwneud fel mae Lowri eisiau,' meddaf yn bendant.

'Cara. Dyw Lowri ddim yma rhagor.'

'Ydy mae hi!'

'Rwyt ti'n teimlo'i bod hi yma? Yr eiliad hon?'

Dwi'n edrych ar Lowri. Mae Mrs Williams yn gwylio fy llygaid i'n symud.

'Ydy Lowri'n dal i ddweud wrthot ti beth i'w wneud, Cara?'

Dwi'n cau fy llygaid fel nad ydw i'n ei gweld hi. Dwi'n nodio. Efallai na fydd hi'n sylwi.

'Ac rwyt ti'n teimlo nad wyt ti'n gallu dianc rhagddi hi?'

Dwi'n nodio eto.

'O'r gorau,' meddai Mrs Williams yn dawel, fel petaen ni'n trafod beth gawson ni i frecwast. 'Felly fe awn ni am dro bach i'r iard. Ac fe gawn ni adael Lowri fan hyn, yn y llyfrgell.'

'Fe ddaw hi hefyd.'

'Paid â gadael iddi. Ti sydd i benderfynu, Cara. Gad Lowri fan hyn gyda'r lluniau ohoni, dim ond am bum munud.'

'Fydd hi ddim yn hoffi hynny.'

'Na fydd, mae'n debyg na fydd hi.'

'Wnaiff hi ddim fel dwi eisiau.'

'Fe wnaiff hi os wyt ti eisiau hynny ddigon.'

'Ond hi yw'r un sy'n dweud wrtha i beth i'w wneud.'

'Ti yw'r un sy'n dal yn fyw, Cara. Rho gynnig arni.'

Felly dwi'n gwneud i Lowri eistedd a dwi'n gwrthod gadael iddi godi ar ei thraed. Mae hi'n gwingo ond dwi'n ei gwthio hi'n ôl ar y gadair. Dwi'n ei chadw hi yno, dwi'n meddwl am y peth o hyd, tra mae Mrs Williams yn dal fy llaw ac yn fy arwain allan o'r llyfrgell. Mae'n rhaid i mi feddwl am y peth yr holl ffordd ar hyd y coridor ac i lawr y grisiau ac allan i'r iard.

'Dyna ni!' meddai Mrs Williams. 'Mae hi'n dal yn y llyfrgell. Fe gei di fynd yn ôl ati mewn ychydig bach. Ond am y tro, mae hi fan yna ac rwyt ti fan hyn, o'r gorau?'

'D-dwi'n meddwl 'ny.'

'O'r gorau. Mae'n rhaid bod miloedd o bethau rwyt ti'n gweld eu heisiau nhw'n ofnadwy gan fod Lowri wedi marw. Ond oes pethau *nad* wyt ti'n gweld eu heisiau nhw amdani hi?'

Dwi'n syllu arni hi yn yr heulwen, heb fod yn siŵr beth mae hi'n ei feddwl. Dwi ddim yn deall beth mae pobl yn ei ddweud bob amser nawr.

Efallai fod hyn oherwydd nad ydw i'n gwrando'n iawn. Mae Lowri'n dweud bod hyn oherwydd nad ydw i'n gallu meddwl hebddi hi. Mae hi'n dweud fy mod i'n dwp.

'Dwi ddim yn gweld eisiau Lowri yn tynnu fy nghoes,' meddaf yn sydyn. 'Roedd hi'n arfer codi ei haeliau ac ochneidio pan oeddwn i'n dweud pethau nad oedd hi'n eu hoffi. Roedd hi eisiau lladd arnaf i bob amser.'

Mae Mrs Williams yn nodio arnaf i.

'A dwi ddim yn gweld eisiau'r ffordd roedd Lowri'n arfer ennill pob dadl. Doedden nhw byth yn mynd yn ddadleuon go iawn hyd yn oed. Roedd Lowri'n penderfynu ar bethau ac roedd yn rhaid i mi gytuno, p'un a oeddwn i eisiau ai peidio. Bob amser. Yr unig dro –'

Mae fy nghalon yn dechrau curo fel drwm. Mae'r iard yn chwyrlïo.

'Mae popeth yn iawn, Cara, dwi'n dy ddal di,' meddai Mrs Williams, gan roi ei llaw o dan fy mraich. 'Rwyt ti'n gwneud yn wych, paid ag edrych mor ofnus. Mae popeth yn iawn. Dwi'n addo i ti fod popeth yn iawn.'

Ond dydy e ddim, dydy e ddim, dydy e ddim.

Allaf i ddim cadw Lowri wedi'i chloi yn y
llyfrgell am byth. Mae hi'n ei thaflu ei hunan
drwy'r waliau a'r ffenestri ac yn dechrau ymosod
arnaf yn wyllt gacwn. Dwi'n rhoi fy nwylo dros
fy mhen ac yn dechrau rhedeg. Dwi'n rhedeg yn
syth allan o'r ysgol ac mewn dim o dro, dwi at
fy migyrnau mewn blodau. Dwi'n baglu dros
dedis ac yn llithro ar ffotograffau.

'Gwych! Sathra di drosta i i gyd!'

Dwi'n ceisio aildrefnu popeth ond mae'r
blodau'n teimlo'n seimllyd ac mae'r teganau'n
dechrau drewi fel abo. Yn sydyn dwi'n taflu
llond côl ohonyn nhw i'r gwter – ond erbyn
dydd Llun dwi'n teimlo mor wael am hyn fel fy
mod i'n gwario arian cinio'r wythnos a'r deg
punt roddodd Mam i mi brynu CD ar flodau i

Lowri. Lilis gwynion, yn bur ac yn berffaith. Dwi'n eu gosod nhw'n barchus ar y palmant . . . ac mae Lowri'n sefyll yn dawel wrth fy ochr, dan deimlad wrth fy ngweld i. Mae hi'n llithro'i llaw yn fy llaw ac rydyn ni'n cerdded adref gyda'n gilydd ac yn sibrwd yn fy ystafell drwy'r nos ac yn treulio'r nos ym mreichiau ein gilydd.

Ond mae hwyl wahanol arni yn yr ysgol drannoeth. Mae hi'n siarad yn ddi-stop drwy bob gwers, ac yn gwneud sylwadau cas diddiwedd am Beca a Cerys a Lowri'r Ail.

Mae hi'n dweud mai hwren yw Cerys oherwydd bod cariad newydd arall ganddi. Mae hi'n dweud bod steil gwallt byr newydd Lowri'r Ail yn erchyll, yn enwedig gyda'i chlustiau sy'n sticio allan. Mae hi'n dweud bod angen bra go iawn ar Beca yn lle'r ddwy glustog sydd wedi cael eu gwthio i fyny ei blows.

Mae hi'n gwneud i mi gerdded i ben draw'r neuadd pan ydyn ni i fod i ddod o hyd i bartner yn Drama nes ei bod hi'n edrych fel petawn i'n osgoi Beca druan yn fwriadol. Mae hi'n waeth pan fydd Sam yn bownsio wrth fy ochr yn awgrymu ein bod ni'n gwneud pâr, er nad yw bechgyn a merched byth yn gwneud parau ar gyfer Drama. Mae'r bechgyn yn gwatwar, mae'r merched yn chwerthin.

'Paid â chymryd unrhyw sylw o'r giwed 'na,' meddai Sam, er ei fod wedi gwrido.

Dwi ddim eisiau cymryd sylw o Lowri.

'Dwed wrth yr hen beth tew am fynd i *grafu*!'

Dwi wedi'i ddweud e cyn y gallaf i atal fy hunan.

Mae Sam yn codi ei ysgwyddau a bant â fe. Mae e'n dechrau actio eto, yn meimio bod ei galon wedi torri a'i fod e wedi cael ei wrthod er mwyn rhoi'r argraff nad oes ots ganddo. Mae pawb yn gwenu, yn meddwl da iawn Sam Tew, am glown, am ffŵl gwirion, mae e bob amser yn hwyl.

Ond dydy Sam ddim yn chwerthin. Roedd e o ddifrif. Roedd e'n bod yn garedig wrthyf i. A dwi wedi bod yn gas eto.

Dwi'n teimlo mor ofnadwy. Pryd bynnag mae Lowri'n lladd ar rywun, dydy hi ddim fel petai hi'n hidio am y peth. Mae hi'n dweud fy mod i'n wan ac yn dwp.

'Ac yn *ddwl*, yn poeni fel yna am Sam Tew o bawb. Wel, prin mae e'n haeddu statws pawb arall. Mae e ychydig yn well na mochyn, efallai.'

'Paid, Lowri. Paid â bod mor sbeitlyd.'

Dwi'n cofio stori dylwyth teg roedden ni'n arfer ei darllen gyda'n gilydd am ddwy chwaer, un chwaer dda oedd â mêl yn diferu oddi ar ei thafod ac un chwaer ddrwg oedd â llyffantod yn neidio allan o'i cheg bob tro roedd hi'n siarad.

Mae Lowri'n cofio hefyd. Mae hi'n rhuo chwerthin, a'i cheg led y pen fel fy mod i'n gallu gweld y darn bach sy'n hongian i lawr yng nghefn ei gwddf, ac yna'n sydyn mae llyffantod bach du gloyw'n llithro i lawr ei thafod pinc hir, yn llusgo dros ei gwefusau ac i lawr ei gên. Dwi'n sgrechian. Dwi ddim yn gwneud sŵn. Mae fy ngheg yn llawn melyster trwchus. Mae e'n cau fy nhrwyn. Dwi'n methu anadlu. Dwi'n boddi mewn mêl . . .

Mae Lowri'n clecian ei bysedd ac mae'r mêl wedi mynd mewn un llyfiad ac mae'r llyffantod yn llamu i'r awyr.

'Gwylia di, Cara. Dwi'n arbenigo ar driciau'r ocwlt nawr! A dim ond dechrau yw hynny.'

Dwi'n gwenu arni, ond reit ynghanol fy mhen lle dwi'n gobeithio nad yw hi'n gallu gweld, dwi'n cofio fy mod i'n gallu gwneud ychydig o hud a lledrith yr ocwlt fy hunan. Llwyddais i'w chadw hi yn y llyfrgell yn erbyn ei hewyllys. Dydy e ddim yn dric gwych o'i gymharu â llyffantod a mêl (a dannedd sugnwr gwaed a gweddnewid pethau a hedfan heb adenydd) ond fe lwyddais i wedi'r cyfan. Os gwnes i hyn unwaith, gallaf i ei wneud e eto.

Dwi'n rhoi cynnig arni'r tro nesaf dwi'n mynd i redeg.

'Dwi eisiau i ti aros fan hyn,' meddaf wrth Lowri, a dwi'n ei gadael hi yn yr ystafelloedd newid.

Mae hi'n ceisio fy nilyn ond dwi'n ei gwasgu hi i lawr ac yn plygu ei choesau fel bod rhaid iddi eistedd, fel roeddwn i'n gorfodi'r doliau i ufuddhau pan oeddwn i'n fach. Nid doli yw Lowri, mae fy nwylo'n torri'n syth drwyddi, ond os ydw i'n canolbwyntio, can-ol-bwynt-io, ei *gorfodi* i eistedd yn llonydd, dwi'n gallu mynd i lawr y coridor ac allan i'r iard hebddi hi. Nawr mae'n rhaid i mi fynd yn glou i'r caeau chwarae . . .

'Hei, Cara! Does dim rhaid i ti redeg tan y byddi di'n cyrraedd y trac!' mae Mr Lewis yn galw.

Dwi'n arafu, yn teimlo fel ffŵl.

'Popeth yn iawn, paid â stopio. Dim ond tynnu dy goes di ro'n i,' meddai ef, gan loncian wrth fy ymyl. 'Rwyt ti wedi creu argraff arna i.

Doeddet ti ddim yn gallu rhedeg fel yna i achub dy fywyd o'r blaen.'

'Doedd hi ddim yn gallu rhedeg fel yna i achub fy mywyd *i*!' mae Lowri'n gweiddi o'r ystafelloedd newid.

Dwi'n gwrthod dadlau. Dwi'n gwrthod gwrando. Mae hi'n mynd i aros fan yna.

'Rwyt ti'n dod yn ffit nawr, er dy fod ti'n llawer rhy denau. Ond, rwyt ti'r siâp cywir i redwr pellter hir. Efallai y rhown ni dy enw di i gystadlu yn y mini-marathon y tymor nesaf.'

'Dwi ddim yn ddigon da i redeg mewn unrhyw ras! Dwi'n anobeithiol!'

'Dwyt ti ddim wedi cyrraedd safon y Gêmau Olympaidd, dwi'n gwybod, ond rwyt ti wedi gwneud yn wych. Ond fe ddylet ti wneud y mini-marathon. Efallai nad wyt ti mor gyflym â'r lleill ond mae digon o stamina gyda ti. Rwyt ti'n dyfalbarhau ac yn dal ati.'

'Dwi'n dal ati i ypsetio rhai pobl,' meddaf, gan edrych dros fy ysgwydd. Mae Sam yn llusgo mynd yn y pellter. 'Dwi'n brifo rhai pobl yn fwriadol.'

'Druan â Sam,' meddai Mr Lewis. 'Trueni bod rhaid i ti ei frifo *fe*. Mae e'n ffrind arbennig i fi. Bachgen ardderchog.'

'Dwi'n gwybod ei fod e,' meddaf. 'Dwi eisiau bod yn ffrind iddo fe, ond wedyn mae rhywbeth –' *rhywun!* '– yn gwneud i mi fod yn gas wrtho fe.'

Ond nawr dwi wedi cau'r rhywun yna yn yr ystafelloedd newid a dydy hi ddim yn gallu rheoli beth dwi'n ei wneud. Wrth i ni gyrraedd y cae chwarae dwi'n esgus bod problem gyda fy esgidiau rhedeg i. Dwi'n gadael i Mr Lewis redeg ymlaen – ac yn gadael i Sam ddal i fyny.

'Mae'n ddrwg gen i 'mod i wedi bod yn hen ast, Sam,' meddaf yn gyflym, gan ofni edrych arno fe.

Does neb yn dweud dim byd am eiliad. Efallai nad yw e'n fodlon siarad â fi nawr.

'Sam? Wyt ti wedi llyncu mul?'

'Gad i fi . . . gael fy ngwynt . . . ataf,' meddai ef. 'Ddim llyncu mul, dim llyncu *anadl*!'

'Ddylet ti ddim bod yn siarad â fi. Ro't ti'n garedig wrtha i yn y wers Ddrama ac ro'n i'n ofnadwy.'

'Nac o't. Wel. Ddylwn i ddim disgwyl y byddet ti eisiau bod yn bartner i fi!'

'Fe fyddwn i eisiau bod. Fe fyddaf i'n bartner i ti'r tro nesaf, Sam.'

'Ie, o'r gorau,' meddai ef, fel petai e ddim yn fy nghredu i.

Fe ddangosa i iddo fe. Fe ddangosa i i mi fy hunan.

Dwi'n aros tan y wers Ddrama nesaf ac yna cyn i'r wers ddechrau dwi'n mynd i doiledau'r merched ac yn cloi Lowri yn un o'r toiledau.

'Dwyt ti ddim yn gallu fy nghau i fan hyn!' mae hi'n gweiddi.

Ond dwi'n gallu, dwi'n gallu, dwi'n gallu.

Dwi'n sibrwd hyn yr holl ffordd i mewn i'r neuadd lle mae ein gwers Ddrama ni.

Mae Miss Griffiths yn curo'i dwylo. 'O'r gorau, chwiliwch am bartner, bawb.'

Mae pawb yn rhuthro. Mae Beca'n gofyn a all hi wneud grŵp o dair gyda Cerys a Lowri'r Ail. Mae rhai o'r bechgyn yn sefyll mewn criwiau bach, heb eisiau edrych yn rhy awyddus i ffurfio parau. Dwi eisiau i Sam sefyll ar ei ben ei hun fel ei bod hi'n haws gofyn iddo fe, ond mae e ynghanol criw bach, yn chwarae'r ffŵl fel arfer, heb gymryd sylw ohonof i o gwbl.

Felly does dim rhaid i mi fynd ato fe.

Oes mae e.

Dwi'n gallu.

Dwi'n mynd.

Dwi'n cerdded yn syth at y criw.

'Beth wyt ti eisiau, Cara Pigau'r Drain?' meddai Rhodri.

Felly dyna maen nhw'n fy ngalw i nawr. Oherwydd dwi ar bigau'r drain bob amser mae Lowri o gwmpas. Ond dydy hi ddim yma nawr. Dwi'n sefyll yn llonydd fel craig.

'Paid â galw enwau arni hi, Rhodri,' meddai Sam o dan ei anadl.

'Fe all e alw unrhyw enw mae e eisiau arna i. Beth yw'r ots gen i?'

'W-hw, madam,' meddai Llŷr. 'Cer i grafu, iawn? Criw o fechgyn ydyn ni.'

'Efallai ei bod hi ar ôl un ohonon ni,' meddai Llŷr, ac maen nhw i gyd yn gwenu'n gam.

'Yn union,' meddaf. 'Sam? Wnei di fod yn bartner i mi?'

Mae'r bechgyn yn edrych wedi'u synnu. Mae pawb yn y neuadd yn dawel. Mae fy nghalon yn curo fel gordd. Dwi'n ofni mentro edrych i fyw llygaid Sam. Dyma'i gyfle i dalu'r pwyth yn ôl i mi. Gall e fy ngwrthod i o flaen pawb. Fyddwn i ddim yn ei feio fe. Gwnes i'n union yr un fath iddo fe.

'O'r gorau. Iawn. Fe fyddaf i'n bartner i ti, Cara,' mae Sam yn dweud.

Rydyn ni'n cerdded draw oddi wrth y lleill, Sam a finnau gyda'n gilydd. Ac mae pawb yn syllu.

'Waw!' mae Sam yn sibrwd.

Dwi'n chwerthin. Mae'n swnio ychydig bach yn rhyfedd, bron fel igian. Dyna'r tro cyntaf i mi chwerthin ers . . .

Nac ydw, dwi ddim yn mynd i feddwl amdani hi. Dwi'n mynd i gael y wers Ddrama gyfan i fod yn fi fy hunan.

Mae'n rhaid i ni wneud ymarferion cynhesu braidd yn ddwl. Mae Sam yn chwarae o gwmpas, yn gwneud ystumiau, gan wneud i mi chwerthin eto. Rydyn ni'n gorfod dal dwylo mewn un ymarfer a dwi'n poeni am fod yn boeth ac yn chwyslyd, ond mae Sam yn cydio yn fy llaw yn dawel. Mae cledr ei law ychydig yn llaith ond mae e'n cydio'n hyfryd o gadarn yn fy llaw. Mae rhai o'r lleill yn chwibanu wrth ein gweld ni'n dal dwylo. Mae Miss Griffiths yn ochneidio'n ddramatig ac yna'n awgrymu rhywbeth sy'n gwneud i bawb wichian. Mae'n rhaid i'r merched i gyd esgus bod yn fechgyn a'r bechgyn yn ferched. Mae Rhodri a Llŷr a Rhys Siôn yn symud o gwmpas ar flaenau'u traed gan symud eu penolau yn ôl a blaen. Mae Miss Griffiths yn ochneidio eto.

'Ofynnais i ddim am Sioe Ffasiynau,' meddai hi. 'Faint o ferched ry'ch chi'n eu nabod sy'n cerdded fel yna?'

'Mae Cerys yn un, Miss,' meddai Rhys Siôn, ac mae rhai o'r bechgyn yn gweiddi hwrê.

Mae Cerys yn gwrido. A minnau hefyd. Y tymor diwethaf bydden nhw wedi dewis Lowri. Ro'n i bob amser yn casáu eu clywed nhw'n chwibanu arni hi (er nad oedd hi'n meindio byth) ond nawr dwi'n wyllt gacwn eu bod nhw wedi anghofio amdani mor gyflym. Mae'n union fel petai hi ddim yn bod.

'Dwi'n *dal* yma!' mae hi'n sgrechian o ben draw'r coridor.

Allaf i ddim gwrando arni neu byddaf i ar goll.

'Defnyddiwch eich dychymyg,' mae Miss Griffiths yn annog. 'Meddyliwch am y peth. *Yn gynnil.*'

'Dyma ni 'te,' meddai Sam. Mae ei lygaid yn culhau fel petai e'n gwrando'n astud. Mae ei geg yn tynhau fel bod ei wefusau bron â diflannu. Mae ei wyneb mor dynn yn sydyn fel ei fod bron ag edrych yn denau. Mae e'n plygu ei ben ac yn cerdded, gan symud o gwmpas fel petai dim syniad ganddo i ble mae'n mynd.

Mae'r peth yn annaearol. Roeddwn i wedi disgwyl y byddai e'n chwarae dynes mewn pantomeim. A'r lleill hefyd. Ond mae e'n cymryd y peth o ddifrif. Mae e'n edrych mor drist.

'Cara yw hi!'

Doeddwn i ddim wedi sylweddoli fy mod i'n edrych fel yna. Sam yw e o hyd, wrth gwrs. All e ddim newid ei wyneb pinc a'i fol mawr a'i ddillad bachgen. Ond mae e'n llwyddo i fod yn fi hefyd. Dwi'n edrych ar goll yn llwyr. Prin dwi yno o gwbl. Fel mai *fi* yw'r ysbryd.

'Gwych, Sam,' meddai Miss Griffiths. Mae hi'n swnio wedi'i synnu. Yna mae hi'n edrych arnaf i. 'Beth am roi cynnig arni, Cara? Dial arno fe. Bydd yn Sam!'

Dwi ddim wedi ymuno ag unrhyw wers Ddrama ers i Lowri farw. Doeddwn i ddim yn gwneud llawer pan oedd hi'n fyw a dweud y gwir. Roedd Lowri eisiau i ni chwarae'r ffŵl drwy'r amser. Dydy Miss Griffiths ddim yn edrych arnaf i nawr, mae hi'n barod i bigo ar rywun arall. Yn amlwg, mae gan yr athrawon gynllwyn i beidio â'm gorfodi i wneud unrhyw beth ar hyn o bryd.

Ond efallai fy mod i eisiau rhoi cynnig arni. Dwi'n stopio bod yn Cara ac yn troi'n Sam.

Dwi'n rhoi un cam a bachgen tew ydw i, yn symud yn araf, a'm coesau ar led, yn gwneud hwyl am fy mhen fy hunan. Mae gen i wên fel giât ar fy wyneb oherwydd mai fi sy'n chwerthin gyntaf fel bod pawb arall yn chwerthin gyda fi, nid am fy mhen. Dwi'n fodlon gwneud unrhyw beth am hwyl, dydy bechgyn tew ddim yn gallu mentro bod o ddifrif, felly mae hi'n amser llithro ar y croen banana, wps, actio fel petawn i'n baglu, camu'n fân ac yn aml, codi fy nghoesau ar ongl ryfedd, dyna ni, chwarddwch chi lond eich boliau – er mai chwerthin am fy mhen i maen nhw yn y bôn.

Mae Sam yn syllu arnaf fel petawn i wedi'i ddadwisgo. Mae pawb yn rhythu.

'Sut wnest ti 'na, Cara?' meddai Lowri'r Ail. 'Rywsut, ti *oedd* Sam.'

'Actio yw e,' meddai Miss Griffiths yn gynnil.

Dydy hi ddim yn dweud unrhyw beth arall wrtha i yn ystod y dosbarth drama ond ar ôl i'r gloch fynd, mae hi'n galw'r ddau ohonon ni draw ati hi.

'Wel, Cara a Sam, mae partneriaeth ddisglair iawn gyda chi yn fan 'na.'

Mae'r ddau ohonon ni'n symud ein bysedd fel petaen ni'n pefrio.

'Beth am ymuno â'r Clwb Drama? Dwi'n siŵr y byddech chi'n cael hwyl. Ry'n ni'n griw cyfeillgar. Beth amdani?'

Mae Sam yn edrych arnaf i. Dw innau'n edrych arno fe.

Dwi eisiau mynd. Ond allaf i ddim. Nid nawr. Nid nawr, yn enwedig.

Ond mae Mrs Williams yn dweud bod yn rhaid i fywyd fynd yn ei flaen. Mae'n rhaid i mi ddysgu meddwl drosof fy hunan. Does dim rhaid i mi wneud fel mae Lowri'n dweud nawr. Er ei bod hi . . .

'Gad i ni ymuno â nhw, Cara,' meddai Sam.

'O'r gorau!'

'Gwych!' meddai Sam. Ar ôl i ni fynd allan i'r coridor mae e'n rhoi pwt i mi. 'Does dim ots 'da ti fynd gyda fi, 'te?'

'Dwi eisiau mynd gyda ti, y twpsyn.'

'Wnei di ddim newid dy feddwl?'

'Na wnaf, mae'r cyfan wedi'i setlo,' meddaf, ond wrth gwrs does dim byd wedi'i setlo o gwbl, ddim gyda Lowri.

Dwi'n cerdded i mewn i doiledau'r merched, gan dynnu anadl ddofn, yn barod i'w hwynebu hi. Ond Beca a Cerys a Lowri'r Ail sydd yno, yn fy nhrafod i.

212

'Hi yw'r ferch ryfeddaf.'

'Dwi'n meddwl ei bod hi'n hanner call a dwl.'

'Ydy, ond all hi ddim help. Achos beth ddigwyddodd i Lowri.'

'Ro'n i bob amser yn meddwl ei bod hi braidd yn rhyfedd cyn i Lowri farw.'

'Ro'n i'n ei hoffi hi. Ond do'n i ddim yn sylweddoli ei bod hi'n gallu bod yn gas ac yn oriog –' Mae Beca'n gwrido wrth iddi fy ngweld i'n sydyn.

'Cara! O! Siarad . . . siarad am y ferch 'ma sy'n byw yn yr un stryd â fi ro'n i –'

'Nage 'te. Ro't ti'n siarad amdana i.'

'Da iawn ti, Cara. Rho bryd o dafod iddyn nhw. Am ddigywilydd! Cer yn wyllt gacwn!' meddai Lowri, gan ddod drwy ddrws un o'r toiledau.

Ond dwi'n cau fy llygaid hyd nes y byddaf wedi ei gorfodi hi i fynd yn ôl i mewn, a'i gwefusau hi ar gau.

Dwi'n agor fy llygaid ac yn wynebu Beca. 'Dwi'n gwybod 'mod i wedi bod yn ofnadwy. Mae'n ddrwg gen i, Beca. Ry'ch chi i gyd wedi bod yn garedig iawn wrtha i. Dwi ddim wedi gallu bod yn garedig wrthoch chi, ddim ers i Lowri . . .'

'O, Cara,' meddai Beca, ac mae hi'n rhoi cwtsh fawr i mi.

Mae Lowri'n gwneud synau chwydu esgus y tu ôl i'w drws ond dwi'n gwrthod cymryd sylw ohoni. Allaf i ddim gadael iddi ddifetha popeth eto. Mae angen i mi fod yn ffrind i Beca. Fydd hi byth yn cymryd lle Lowri. Mae hi'n rhy feddal, yn rhy gynnes, fel cwilt mawr pinc. Ond mae hi'n ferch annwyl a charedig a dwi'n gwybod y bydd hi'n ffrind da i mi.

Dydy Lowri ddim yn feddal nac yn gynnes nac yn annwyl nac yn garedig nac yn dda. Mae hi'n galed ac yn oer ac yn gas ac yn chwerw ac yn ddrwg iawn. Efallai fy mod i'n llwyddo i'w chloi hi i ffwrdd yn amlach o hyd yn ystod y dydd ond mae hi'n dial arnaf yn ystod y nos.

Dwi'n gallu anghofio pethau yn ystod y dydd ond yn ystod y nos mae hi'n fy ngorfodi i gofio.

15

Mae Mam wedi dechrau cael brecwast gyda fi.
Doedd hi byth yn arfer ffwdanu cael brecwast o
gwbl, byddai hi'n llowcio cwpaned o goffi wrth
roi trefn ar ei gwallt a'i cholur. Ro'n i'n arfer
bwyta powlen o rawnfwyd wrth sefyll wrth y
sinc bob amser, gan wylio'r teledu bach ar uned
y gegin, a phoeni am y gwaith cartref doeddwn i
ddim wedi'i orffen. Ond nawr dwi ddim yn
ffwdanu gwneud gwaith cartref a dwi ddim yn
ffwdanu bwyta llawer chwaith. Mae rhywbeth
yn dal i fod o'i le gyda fy ngwddf. Does dim
pwynt bwyta grawnfwyd achos mae'r cyfan yn
troi'n stwnsh oren yn fy ngheg.

Roedd Mam yn swnian o hyd ac yna darllenodd
hi ryw erthygl yn un o'i chylchgronau, a nawr
mae hi'n gwneud brecwast ac yn eistedd gyda

mi. Dechreuodd hi wneud brecwast wedi'i ffrio ond roedd yr arogl yn troi arnaf i a doedd Mam ddim yn hoffi bod y fflat yn drewi o facwn wedi'i ffrio drwy'r dydd chwaith. Wedyn dechreuodd hi wneud wy wedi'i ferwi a thost, gan fy nhrin i fel merch fach, ond doedd hynny ddim yn syniad da chwaith. Roedd yr wy yn rhy redegog, yn disgleirio fel crawn melyn, ac roedd y tost yn cydio yn fy ngwddf ac yn gwneud i mi beswch.

Aeth Mam yn grac a dweud fy mod i'n bod yn lletchwith ac y byddwn i'n ei fwyta fe hyd yn oed petai'n rhaid iddi fy ngorfodi i fwyta drwy agor fy ngheg. Dechreuais i grio ac yna dechreuodd *hi* grio. Dywedodd hi fy mod i'n llwgu fy hunan i farwolaeth. Ceisiais i egluro nad oeddwn i'n gwneud hyn yn fwriadol, fy mod i'n tagu drwy'r amser oherwydd nad oeddwn i'n gallu llyncu'n iawn. Roedd Mam yn dweud mai gwneud esgusodion roeddwn i, ond y bore canlynol dyma hi'n rhoi powlen o iogwrt o'm blaen i, gyda llond llwy o fêl yn ffurfio 'C' ar ei ben.

'Dere, Cara, bwyta'r iogwrt,' meddai hi. 'All e ddim mynd yn sownd yn dy wddf di.'

'Rwyt ti'n garedig iawn, Mam, ond –'

'Dwi ddim eisiau clywed "ond",' meddai hi.

Cymerodd lwy, ei llenwi ag iogwrt a mêl, a'i rhoi hi wrth fy ngheg. Ddim yn gas. Yn dyner, fel mae plant bach yn cael eu bwydo. 'Dere nawr, babi,' meddai hi.

Agorais fy ngheg. Roedd yr iogwrt yn llyfn ac yn felys ac yn llithro i lawr fy ngwddf.

'Ff-e-i-n!' meddai Mam, gan lyfu ei gwefusau ei hunan.

'Mwy!' meddaf, gan fwynhau chwarae'r gêm babi yma.

Bwydodd hi sawl llwyaid arall i mi wrth i mi ddweud 'Iym-iym-iym,' ac yna dechreuon ni'n dwy chwerthin oherwydd ein bod ni'n ymddwyn mor ddwl – ond gweithiodd hyn. Drannoeth bwyteais fy mrecwast iogwrt a mêl fy hunan, gan grafu'r bowlen erbyn y diwedd, fwy neu lai.

Dwi wedi dechrau edrych ymlaen at gael brecwast gyda Mam. Ond y bore 'ma mae'r post yn cyrraedd wrth i mi fwyta'r llwyaid gyntaf. Mae bil ffôn, llythyr i Mam a llythyr i mi. Dydyn ni ddim yn cael llythyrau'n aml iawn. Mae fy llythyr i wedi'i deipio ac yn edrych yn swyddogol. Efallai mai o'r ysgol mae e'n dod. Efallai mai rhyw fath o rybudd yw e oherwydd nad ydw i'n gweithio'n iawn? Na fydden, fydden nhw ddim yn gwneud hynny. Efallai mai llythyr

am fy sesiynau cynghori gyda Mrs Williams yw
e? Mae'n well i mi beidio â'i agor e o flaen
Mam. Er nad yw hi'n cymryd llawer o sylw.
Mae hi'n darllen ei llythyr ei hunan, gan ei ddal
yn agos at ei hwyneb fel petai hi'n cael trafferth
ei weld e'n iawn. Mae hi wedi mynd yn goch fel
tân.

'Oddi wrtho fe mae e?' meddaf. 'Y boi 'na yn
y gwaith?'

Mae Mam yn neidio. Mae hi'n syllu i gyfeiriad
yr ystafell wely rhag ofn bod Dad yn gwrando.
Ond mae e'n chwyrnu fel mochyn.

'Nage. Nage, nid oddi wrtho fe,' sibryda Mam.
Mae hi'n rhoi cledr ei llaw ar ei thalcen fel petai
pen tost ganddi. 'Nage . . . oddi wrth ei wraig e
mae e.'

Dwi'n syllu ar Mam. Rydyn ni'n eistedd am
rai eiliadau'n gwrando ar yr oergell yn hymian a
chloc y gegin yn tician.

'Do'n i ddim yn sylweddoli ei fod e'n briod
hefyd,' meddaf yn y diwedd.

'Hisht! R . . . ro'n i'n gwybod, ond ro'n i'n
meddwl – ro'n i'n meddwl nad oedd pethau'n
iawn. Fe ddwedodd e fod popeth wedi mynd
yn ddiflas a'u bod nhw'n byw bywydau ar
wahân.'

'O *Mam*! Ac fe gredaist ti fe?'

'Dwi'n gwybod, dwi'n gwybod. Efallai mai *eisiau* ei gredu e ro'n i. Beth bynnag, nid felly mae ei wraig e'n gweld pethau. Mae hi wedi dod i wybod. Dwi ddim yn gwybod sut. Efallai fod rhywun o'r gwaith wedi dweud wrthi. Mae hi'n – mae hi wedi ypsetio'n ofnadwy.'

'Ydy hi eisiau ei adael e?'

'Nac ydy, nac ydy. Mae hi'n ei garu fe. Ac mae plant gyda nhw. Dau blentyn bach. Mae hi wedi ysgrifennu tudalennau am y plant a sut maen nhw'n caru eu tad.' Mae Mam yn dechrau crio, ac yna'n rhoi ei llaw dros ei cheg. 'O, Cara, dwi'n teimlo'n ofnadwy. Dwi ddim yn gwybod sut gallwn i fod wedi gwneud hyn iddi hi.'

'Beth wyt ti'n mynd i'w wneud?'

'Duw a ŵyr. Fe fydd yn rhaid i mi ddod â phopeth i ben gyda fe, siŵr o fod. Hynny yw, dwi ddim eisiau i'r briodas chwalu, a brifo'i blant e – ond dwi ddim yn gwybod sut dwi'n mynd i'w weld e bob dydd yn y gwaith ac ymddwyn fel petai dim wedi digwydd erioed. Efallai y bydd yn rhaid i mi newid swydd. O Dduw, am lanast.'

'Wyt ti'n ei garu e go iawn, Mam?'

Mae hi'n ystyried, gan droi'r iogwrt o gwmpas y bowlen.

219

'Nac ydw, dwi ddim yn credu fy mod i. Dyna'r peth gwaethaf. Efallai y byddai rhyw fath o esgus gen i petawn i'n ei garu fe go iawn. Ond os dwi'n hollol onest, rhywun i mi gael ychydig o gyffro yw e, rhywun i wneud i mi deimlo'n rhamantus ac yn arbennig, fel merch ifanc eto. Allaf i ddim dweud fy mod i'n ei *garu* e. Weithiau mae e'n codi fy ngwrychyn i a dwi'n meddwl tybed pam ddechreuais i'r holl beth. Felly mae'n amser i mi ddod â'r cyfan i ben, on'd yw hi?'

'Efallai.'

'O, Cara. Ddylwn i ddim bod yn dweud hyn i gyd wrthot ti. Dim ond plentyn wyt ti. Ond dwi ddim yn gwybod, rwyt ti wedi gorfod ymdopi â chymaint o bethau'n ddiweddar, gyda Lowri a phopeth. Mewn rhai ffyrdd dwi'n teimlo ein bod ni'n agosach nawr, ti a fi.'

'Dwi'n gwybod, Mam.'

'Merch dda wyt ti. Wel. Beth yw dy lythyr di 'te?'

Agoraf e'n araf ac yn anfoddog. Nid rhywbeth am yr ysgol yw e. Mae'n waeth na hynny. Mae un gair yn neidio allan. CWEST.

'Cara?' Mae Mam yn dod draw ac yn pwyso dros fy ysgwydd. 'O'r nefoedd wen! Beth yw hyn? Mae'n rhaid i ti roi tystiolaeth!'

'Dwi ddim eisiau gwneud, Mam. Does dim rhaid i mi, oes e?'

'Wrth gwrs nad oes e, cariad. Dyw'r peth ddim yn iawn, rywsut. Dim ond corddi pethau bydd e'n ei wneud. Na, fe ddwedwn ni nad wyt ti'n hwylus – bola tost neu rywbeth. Paid â phoeni.'

Ond dwi *yn* poeni.

'Wrth gwrs dy fod ti'n poeni! Allwn ni ddim colli fy nghwest i!' meddai Lowri'n grac. 'Beth sy'n bod arnat ti, Cara?'

Mae hi'n cydio yn fy ysgwyddau. Dwi ddim yn gallu ei theimlo hi ond mae'n union fel petai hi'n ysgwyd y tu mewn i mi. Dwi'n ceisio'i chau hi i ffwrdd ond dwi ddim yn ddigon cryf heddiw.

Mae angen i mi siarad â Mrs Williams am hyn ond dwi ddim yn mynd i'w gweld hi tan ddydd Gwener. Dwi ddim yn mynd yn agos at Sam na Beca oherwydd mae Lowri mor grac dwi'n ofni y bydd hi'n fy ngorfodi i ddweud rhywbeth cas.

Dwi ddim yn mynd allan amser cinio. Dwi'n llechu mewn cornel yn y coridorau, yn cwtsio ar fainc wrth y pegiau cotiau, a'r cotiau fel llenni amdanaf. Dwi'n credu nad oes neb yn gallu fy ngweld ond mae Mrs Llywelyn yn sylwi ar fy nhraed wrth iddi gerdded heibio i ystafell y staff.

'Cara?'

Efallai bydd hi'n rhoi pryd o dafod i mi. Dydyn ni ddim yn cael aros wrth y cotiau fel hyn amser cinio. Ond dydy hi ddim yn edrych yn grac. Mae hi'n bwrw'r cotiau i'r naill ochr ac yn eistedd wrth fy ochr.

'Cara druan,' meddai hi'n dawel. 'Wyt ti'n teimlo'n drist ofnadwy heddiw?'

Dwi'n nodio.

'Ond mae Mrs Williams yn dweud ei bod hi'n meddwl dy fod ti'n dod drwy bethau'n dda. Rwyt ti'n dod ymlaen yn dda gyda hi?'

'O, ydw. Mae hi'n garedig iawn. Trueni na allwn i ei gweld hi heddiw.'

'Dwi'n meddwl ei bod hi'n brysur yn rhywle arall heddiw. Ond efallai y gallet ti ei ffonio hi heno?'

'Dwi ddim eisiau siarad â hi pan fydd Mam yn gwrando.' Dwi'n oedi. 'Ry'ch chi'n gwybod sut mae Mam.'

Mae Mrs Llywelyn yn nodio. Dydyn ni ddim yn edrych i fyw llygaid ein gilydd, ry'n ni'n teimlo gormod o embaras.

'Mae'n ddrwg gen i fod fy mam a 'nhad

mor . . .' Dwi'n methu meddwl am y gair cywir.

'Mae popeth yn iawn, Cara, wir i ti.'

Mae hi mor garedig wrtha i, dwi'n penderfynu gofyn iddi.

'Dwi wedi cael llythyr, Mrs Llywelyn. Am gwest Lowri. Maen nhw wedi gofyn i fi ddod i roi tystiolaeth. A dwi ddim eisiau. Mae Mam yn dweud nad oes rhaid i mi. Ydy hynny'n wir?'

Mae Mrs Llywelyn yn tynnu anadl ddofn.

'Dwi'n credu efallai bydd yn rhaid i ti fynd, Cara.'

'Alla i ddim dweud fy mod i'n sâl?'

'Mae dy angen di arnyn nhw, Cara. Ond dwi'n siŵr na fydd y cyfan yn brofiad rhy anodd. Fe fyddan nhw'n garedig ac yn addfwyn. Fyddwn i ddim yn meddwl y byddan nhw'n dy groesholi di. Fe fyddan nhw'n gofyn i ti ddweud beth ddigwyddodd yn dy eiriau dy hunan, dyna i gyd.'

'Ond dyna'r pwynt. Dwi ddim yn gallu cofio. Dwi wedi trio, ond mae'r cyfan yn mynd yn ddryslyd. Allaf i ddim dioddef meddwl am y peth.' Dwi'n dechrau meddwl am y peth nawr ac mae'n gwneud i mi grynu.

'Fe fyddan nhw'n deall. Fe all dy fam fynd

gyda ti. Os na fydd hi'n gallu cael amser o'r gwaith, fe ofynna i i Mrs Williams a ydy hi'n gallu dod. Neu fe allwn i drio trefnu i rywun gymryd fy nosbarthiadau i ac fe ddof i fy hunan.'

Dwi eisiau rhoi cwtsh iddi oherwydd ei bod hi mor garedig, ond mae Lowri wedi dod yn ôl a dwi ddim eisiau mentro rhoi cyfle iddi hi wneud drygioni.

Felly, dwi'n diolch iddi ac yn rhedeg i ffwrdd. Dwi ddim yn gwisgo fy nillad chwaraeon na fy esgidiau rhedeg ond dwi'n mynd i redeg o gwmpas y cae chwarae. Mae fy nhraed yn llosgi yn fy esgidiau ysgol ac mae'r flows yn rhy dynn o dan fy ngheseiliau ond dwi'n mynd nerth fy nhraed yr un fath. Dwi ddim wedi cynhesu, dwi'n gwneud popeth yn anghywir, ond yn rhyfedd iawn, mae'n gweithio. Dwi ddim yn gorfod meddwl am fy mreichiau a safle fy mhen a sut mae fy nghoesau'n curo'r llawr. Mae'r cyfan wedi digwydd, fel petawn i'n hofran. Dwi'n gallu ei wneud e. Dwi'n gallu rhedeg. Dwi wedi dysgu. Mae'n rhywbeth dwi wedi'i wneud ar fy mhen fy hunan.

'Am ddwli! *Dwi* wedi bod gyda ti. Fy syniad i oedd e yn y lle cyntaf. Ac rwyt ti'n dda i ddim am redeg beth bynnag. Edrych arnaf i!' Mae

Lowri'n hedfan ymlaen, gan redeg droedfedd uwchben y ddaear. Mae hi'n syllu'n ôl arnaf, yn wawdlyd.

Dwi'n dal ati i redeg yn gyson, gan geisio'i hanwybyddu hi.

'Edrych arnat ti! Mae dy wyneb di'n goch fel tân. Ac ych a fi, rwyt ti'n chwys domen! Fe fyddi di'n drewi yn yr ystafell ddosbarth y prynhawn 'ma. Fydd neb eisiau eistedd ar dy bwys di. Ddim hyd yn oed Beca Bisged. Ddim hyd yn oed Sam Tew,' mae Lowri'n gwawdio, gan redeg mewn cylch.

'Pam mae'n rhaid i ti fod mor gas wrtha i bob amser? Rydyn ni i fod yn ffrindiau!'

'Am ffrind da oeddet ti!' meddai Lowri.

'Beth wyt ti'n ei feddwl?' Dwi'n stopio, mae fy nghalon yn curo fel gordd.

'Dwyt ti ddim yn cofio?' meddai Lowri, gan hofran uwch fy mhen.

Dwi'n cau fy llygaid ond dwi'n gallu ei gweld hi o hyd. Dwi'n rhoi fy nwylo dros fy nghlustiau ond dwi'n gallu ei chlywed hi o hyd. Dwi'n gallu rhedeg a rhedeg a rhedeg ond fyddaf i byth yn gallu dianc rhagddi hi.

Allaf i ddim wynebu'r ysgol y prynhawn 'ma. Dwi'n dweud bod pen tost gyda fi – sy'n wir –

ac maen nhw'n gadael i mi fynd adref. Dwi'n gobeithio y bydd Dad yn y gwely o hyd ond mae e wedi codi. Mae'n eistedd wrth ford y gegin yn ei bants a'i ŵn gwisgo, yn marcio hysbysebion yn y papur newydd.

'Dwi'n edrych a oes unrhyw swyddi'n mynd,' meddai ef. 'Dwi wedi cael llond bol ar weithio'r nos nawr. Dwi wedi blino'n lân. A dyw e ddim yn help i bethau gyda fi a dy fam.'

Dwi ddim eisiau siarad am y peth. Dwi eisiau mynd i orwedd yn fy ystafell ond mae e'n dechrau ffysian, gan wneud i mi blygu fy ngwddf ac edrych i weld a oes brech ar fy mreichiau.

'Er mwyn popeth, Dad. Dim ond pen tost sy 'da fi.'

'O'r gorau, eisiau gwneud yn siŵr, dyna i gyd. Eistedd ac fe wnaf i baned o de i ti. Tybed lle mae dy fam yn cadw tabledi at ben tost?'

Mae'n ormod o ymdrech i ddadlau. Dwi'n eistedd yn drwm ar fy nghadair. Mae ein llestri brecwast ni dros y gegin i gyd. Mae'r iogwrt yn suro yn y powlenni. Dwi'n teimlo'n dost wrth edrych arno fe. Dwi'n mynd i'w grafu fe yn y bin. Mae llythyr wedi'i blygu i gyd ynghanol y sbwriel. Dwi'n ei dynnu fe allan. Llythyr y cwest yw e. Mae'n rhaid bod Mam wedi'i daflu fe.

'Beth yw hwnna?' mae Dad yn gofyn.

'Dim byd,' meddaf yn dwp. 'Wel, llythyr am gwest Lowri yw e.'

'Ro'n i'n meddwl eu bod nhw wedi cael y cwest yn syth ar ôl iddi farw?'

'Dim ond dechrau wnaethon nhw bryd hynny. Fe gafodd y cwest ei ohirio. Tan nawr.'

'Ac mae'n rhaid i ti fynd?'

'Do'n i ddim eisiau mynd. Fe ddwedodd Mam nas oes rhaid i mi. Ond mae Mrs Llywelyn yn yr ysgol yn dweud nad oes dewis 'da fi.'

'Hi sy'n gywir, Cara. Mae'n rhaid i ti fynd. Ond paid â phoeni, fe ddof i gyda ti.'

Dwi ddim eisiau iddo fe ddod. Dwi ddim eisiau i Mam ddod chwaith. Maen nhw'n ffraeo am y peth drwy'r amser. Ond ar fore'r cwest mae'r ddau'n paratoi, gan wisgo'r un dillad oedd amdanyn nhw yn yr angladd.

Dwi'n teimlo'n sâl iawn. Prin dwi wedi cysgu. Dwi'n ceisio gweithio allan beth dwi'n mynd i'w ddweud ond allaf i ddim rhoi trefn ar y peth yn fy meddwl. Y cyfan sydd yno yw bwlch ofnadwy ac yna sgrech Lowri. Dwi'n ei chlywed hi drwy'r amser. Dwi'n ysgwyd fy mhen ac yn rhwbio fy nghlustiau.

'Oes clust dost 'da ti, Cara?' meddai Mam.

'Rwyt ti'n edrych yn ofnadwy, wyt wir. Mae'r cwest 'ma'n hollol hurt. Ro'n i'n *gwybod* y byddai e'n corddi'r holl beth eto. *Pam* roedd yn rhaid i ti ei pherswadio hi i fynd?' Mae hi'n rhythu'n gas ar Dad.

'Mae'n rhaid iddi fynd. Fe allet ti fod wedi gorfod mynd o flaen y llys am daflu'r llythyr 'na. Ond fel 'na rwyt ti. Wnei di ddim wynebu pethau.'

'Ti yw'r un sy'n cadw dy ben yn y tywod,' meddai Mam yn swta.

Dwi'n syllu arnyn nhw. Nid am y cwest yn unig maen nhw'n dadlau.

'Mam. Dad.'

Maen nhw'n edrych arnaf i. Mewn rhyw undeb rhyfedd mae Mam yn cydio yn fy llaw chwith a Dad yn cydio yn fy llaw dde.

'Tria beidio â phoeni, Cara,' meddai Mam.

'Fe fyddwn ni yno i ti, cariad,' meddai Dad.

Dydyn ni ddim wedi dal dwylo ers pan oeddwn i'n fach. Rydyn ni'n sefyll wedi ein cysylltu fel hyn ac yna, rydyn ni'n gwingo ac yn teimlo'n ddwl ac yn gollwng gafael. Maen nhw'n dal i gerdded bob ochr i mi wrth i ni gerdded i lawr yr heol, heibio i'r teyrngedau anniben i Lowri ar y palmant y tu allan i'r ysgol, i mewn i'r dref i Lys y Crwner.

Dwi wedi gweld yr adeilad sawl gwaith o'r blaen ond heb sylweddoli beth oedd e. Rydyn ni'n dringo'r grisiau. Mae Mam a Dad yn edrych yn ofnus hefyd. Mae dyn sydd â choronau bach ar ei siaced yn cymryd fy enw ac yn ein harwain ni i ystafell aros.

Mae rhieni Lowri yno. Maen nhw'n edrych mor wahanol. Mae'r ddau wedi cael lliw haul ond dydyn nhw ddim yn edrych yn iach er gwaethaf hynny. Mae'r ddau yn llawer teneuach. Mae Mr Walters wedi colli ei stumog ac mae ei wyneb crwn yn bantiog nawr. Mae Mrs Walters wedi gwisgo colur yn ofalus ac mae ei gwallt wedi'i dorri'n fodern ond mae hi'n edrych flynyddoedd yn henach, bron fel mam-gu Lowri.

Dwi ddim yn gwybod beth i'w ddweud. Does neb yn gwybod. Yn y diwedd mae tad Lowri'n nodio arnom ni ac mae fy nhad yn gofyn sut maen nhw, sy'n beth dwl iawn i'w ddweud. Mae Mr Walters yn dweud 'Iawn, iawn,' sy'n ddwl hefyd, a'r ddau'n edrych mor ofnadwy. Mae fy mam yn mwmial rhywbeth fod hyn yn brofiad ofnadwy i ni i gyd. Dydy mam Lowri ddim yn ffwdanu ateb. Mae hi'n syllu arnaf i. Mae hi'n gwneud i mi deimlo mor euog am fod yno.

Dwi eisiau dweud wrthi nad fy mai i oedd y ddamwain.

Ond fy mai i oedd e.

Wedyn mae dyn canol oed gwelw yn dod i'r ystafell, gan gerdded yn lletchwith mewn siwt a thei ddu. Mae e'n edrych yn llawn panig wrth weld Mr a Mrs Walters. Rhaid mai'r gyrrwr yw e. Mae e'n edrych yn wahanol i sut dwi'n ei gofio fe. Mae e'n llawer llai. Mae e'n eistedd ym mhen pella'r ystafell, mor bell ag y gall e oddi wrth rieni Lowri. Dydy e ddim yn gwybod beth i'w wneud â'i ddwylo. Mae e'n chwarae â'i fysedd o hyd. Dwi'n meddwl amdanyn nhw ar lyw'r car. Petai e ond wedi troi i osgoi Lowri mewn pryd.

Ond nid fe oedd ar fai. Roedd e'n mynd yn araf iawn. Rhedodd Lowri'n syth o'i flaen e. Allai e ddim gwneud dim. Gwasgodd e'r brêcs. Dwi'n gallu cofio'r sgrech, ac yna sgrech Lowri. Y sgrech y sgrech y sgrech . . .

'Cara? Wyt ti'n teimlo'n benysgafn? Rho dy ben rhwng dy goesau,' meddai Mam. Mae hi'n ceisio fy ngwasgu i lawr. Dwi'n symud i ffwrdd, yn llawn embaras.

'Mam! Dwi'n iawn! Paid!'

'Rwyt ti'n wyn fel y galchen. Mae angen diod o ddŵr arnat ti.'

Mae Dad yn neidio am y peiriant diodydd.

'Beth am Coke?'

Dwi'n yfed o'r can Coke, gan arllwys peth i lawr fy ngên ac ar fy mlows wen.

'Cara! Oes rhaid i ti fod mor lletchwith?' meddai Mam o dan ei gwynt, gan rwbio'r staen â'i hances.

Trueni na fyddai Mam a Dad yn ymdawelu. Maen nhw'n ceisio fy nghefnogi ond mae hyn mor ofnadwy o flaen mam a thad Lowri a hwythau heb ferch i ofalu amdani.

Mae'r ystafell yn llenwi. Dyna'r ddynes a ffoniodd am yr ambiwlans ond dwi ddim yn gwybod pwy yw hanner y lleill. Tystion.

'Efallai na fydd angen i ti roi tystiolaeth,' mae Mam yn sibrwd. 'Mae cymaint o dystion eraill ganddyn nhw. Ac fel rwyt ti'n dweud, dwyt ti ddim yn gallu cofio'r peth yn iawn beth bynnag.'

Ond mae fy enw'n cael ei alw hanner ffordd drwy'r bore.

'O'r annwyl,' meddai Mam. 'Wel, pob lwc i ti, cariad.' Mae hi'n rhwbio'r staen Coke unwaith eto'n sydyn.

'Fe fyddi di'n iawn, Cara,' meddai Dad, gan wasgu fy llaw.

Mae cledr ei law yn oer ond yn chwyslyd.

Dwn i ddim ai poeth neu oer ydw i. Dwi ddim yn teimlo fel petawn i yn fy nghorff o gwbl. Dwi'n teimlo fel petawn i'n hofran yn yr awyr . . . wrth ymyl Lowri.

'Dyma ein diwrnod mawr ni, Cara,' meddai hi. 'O'r gorau. Amser mynd ar hyd llwybrau atgofion.'

Dwi'n cael fy arwain i mewn i ystafell fawr gyda dyn yn eistedd ar lwyfan. Mae plismon yno, rhywun sy'n ysgrifennu llaw fer, rhywun yn dweud wrtha i am ddweud y gwir. Mae fy llais fel gwich llygoden fach.

'Nawr, Cara, dwedwch wrthon ni'n union beth ddigwyddodd pan ddaethoch chi a Lowri allan o'r ysgol ar brynhawn y pedwerydd ar ddeg.'

Mae e'n aros. Mae e'n edrych arnaf. Mae pawb yn edrych arnaf. Dwi'n llyncu. Dwi'n agor fy ngheg. Does dim yn dod allan.

'Peidiwch â phoeni, Cara. Cymerwch eich amser. Dwedwch wrthon ni yn eich geiriau eich hunan.'

Does gen i ddim geiriau. Dwi'n gallu clywed Lowri'n sgrechian, dyna i gyd.

'Sgrechiodd Lowri. Pan gafodd hi ei bwrw gan y car,' sibrydaf.

'Ie, ie. Ond cyn hynny? Dwedwch wrthon ni beth ddigwyddodd cyn y ddamwain.'

'D . . . dwi ddim yn gwybod. Ro'n ni'n dod allan o'r ysgol. Cerddon ni ar hyd y palmant am dipyn. Ac yna roedd y car yno a sgrechiodd Lowri a –'

'Beth ddigwyddodd yn y canol?' mae e'n mynnu. 'Roeddech chi'n cerdded ar hyd y palmant, ddwedoch chi?'

Dwi'n ein gweld ni'n sydyn. Lowri a Cara. Fraich ym mraich, fel roedden ni'n cerdded bob amser. *Na*, ddim fraich ym mraich.

'Ro'n ni'n ffraeo,' meddaf.

Dwi'n gweld Lowri'n defnyddio'i bag ysgol i daro fy nghoesau eto. Dwi'n teimlo'r poen eto wrth iddo daro fy nghlun. Mae'n brifo'n gas, gan wneud i mi deimlo'n sâl.

'O, Cara! Pam na wnest ti fynd allan o'r *ffordd*?' meddai Lowri.

Mae hi'n trio rhwbio fy nghlun ond dwi'n rhoi slap i gadw ei llaw hi draw.

'Fe fwraist ti fi â dy fag ysgol a *fi* sydd ar fai?'

'Arglwydd mawr, fe rof i ergyd i dy ben di mewn munud. Does gen ti ddim syniad pa mor fawreddog rwyt ti'n swnio,' meddai Lowri, gan chwerthin am fy mhen.

Dwi ddim yn chwerthin. Ddim hyd yn oed pan fydd Lowri'n gwneud ystumiau dwl ac yn tynnu ei thafod pinc allan.

'Tyfa i fyny, Lowri!'

'Pwy sydd eisiau tyfu i fyny?' meddai hi. Mae hi'n crynu'n sydyn ac yn rhoi ei braich yn fy mraich, ar ôl blino ar dynnu coes.

Dwi'n gwrthod cymodi â hi eto.

'Cadw draw,' meddaf, gan geisio symud i ffwrdd. 'Dwi ddim yn gallu dy ddioddef di weithiau.'

'Dere nawr, rwyt ti'n gwybod dy fod ti'n fy ngharu i go iawn,' meddai Lowri, gan ddal ei gafael.

'Dwyt ti ddim yn mynd i'm perswadio i'r tro hwn. Cer i grafu!' meddaf, a dwi'n rhoi hergwd bach iddi hi.

Mae hi'n baglu, gan edrych wedi'i synnu. Yna mae hi'n gwenu i ddangos nad oes gwahaniaeth ganddi.

'Iawn 'te,' meddai hi, ac mae hi'n rhuthro allan i'r heol heb edrych . . .

ac yna mae sgrech a fi sydd ar fai.

Fi laddodd hi.

Petawn i wedi cymodi â hi, bydden ni wedi cerdded ar hyd y palmant fraich ym mraich a byddai'r car wedi gyrru heibio a byddai bywyd wedi mynd yn ei flaen.

Stopiodd popeth pan sgrechiodd Lowri.

Dwi'n gallu clywed y sgrech nawr, yn uwch ac yn uwch. Mae'r sgrech ynof fi. Mae hi'n dod allan o'm ceg i. Mae pawb yn rhuthro tuag ataf felly dwi'n rhedeg ar draws yr ystafell. Mae rhywun yn cydio ynof fi ond dwi'n eu gwthio nhw o'r neilltu, dwi'n rhedeg i lawr y coridor i'r drws, dwi allan ac yn y stryd, yn rhedeg ac yn rhedeg ac yn rhedeg.

Mae Lowri'n rhedeg wrth fy ochr. Dwi ddim yn gwybod a ydw i'n rhedeg ati hi neu oddi wrthi hi. Dwi ddim yn gwybod dim byd. Does dim byd yn fy mhen heblaw am y gwir. Dwi wedi cofio. Fi sydd ar fai.

Dwi'n rhedeg i lawr yr heol. Clywaf weiddi y tu ôl i mi, mae rhywun yn galw fy enw, ond dwi'n methu stopio. Dwi'n rhedeg ac yn rhedeg drwy'r dref tuag at yr ysgol, heibio i'r gatiau, ar hyd y palmant, yn llithro ar y blodau, yn cicio teganau allan o'r ffordd, dwi'n clywed car, dwi'n rhedeg, allan i'r heol . . .

Sŵn brêcs yn gwichian, sgrech, dwi'n sgrechian . . .

Ond mae breichiau amdanaf i, yn fy nhynnu

'nôl, dwylo'n cydio'n dynn yn fy ysgwyddau, yn tynnu fy ngwallt a'm dillad. Dwi'n troi. Lowri sydd yno.

Mae gyrrwr y car yn rhegi arnaf i ac yna'n gyrru ymlaen.

'Waw! Dyna bryd o dafod!' meddai Lowri, gan chwerthin yn sigledig.

'Fe achubaist ti fi,' meddaf. 'Ond achubais i ddim ohonot ti. Fi oedd ar fai. Fe wthiais i ti o'r neilltu.'

'Fe wthiaist ti fi, do. Ond wnest ti ddim fy ngwthio i o dan y car. Fi redodd allan, rwyt ti'n gwybod hynny. Nid ti oedd ar fai. Fi oedd ar fai. Fy anlwc i oedd bod y car wedi fy nharo i. Dy lwc di yw na chest ti dy daro. O'r gorau? Dim problem.'

'O Lowri, dwi'n dy garu di.'

'Dw innau'n dy garu di hefyd.'

Rydyn ni'n cofleidio'n glòs. Mae fy mreichiau amdani. Dwi'n teimlo'i chynhesrwydd, ei chroen llyfn, ei gwallt sidanaidd, a . . .

'Beth ar y ddaear?'

Mae Lowri'n edrych dros ei hysgwydd.

'O, Dduw mawr!' Mae hi'n dechrau chwerthin. 'Hei! Lowri Angel! Dwi wedi llwyddo.'

Rydyn ni'n cofleidio'n hir am y tro olaf ac

yna, wrth i Mam a Dad fy nghyrraedd, mae Lowri'n neidio i'r awyr. Mae hi'n ysgwyd ei hadenydd sydd mor wyn ag eira, yn codi ei llaw am y tro olaf, ac yn hedfan i ffwrdd.

Bob penwythnos mae Fflos yn mynd at ei thad yn ei gaffi
bach. Mae hi wrth ei bodd yno, er gwaetha'r ffaith bod
Rhiannon, ei ffrind gorau, yn edrych i lawr ei thrwyn ar y lle.

Mae mam Fflos yn symud i Awstralia gyda Steve, ei gŵr
newydd, ond mae Fflos yn penderfynu aros gyda'i thad.
Mae'r ddau yn ddigon hapus yn bwyta bytis sglods
bendigedig a chandi-fflos o'r ffair!

Ond yna mae eu byd yn dymchwel! Mae'n rhaid i'r caffi
gau! Ble maen nhw'n mynd i fyw? A fydd eu ffrindiau
newydd o'r ffair yn eu helpu?

ISBN 1 84323 775 4   £5.99

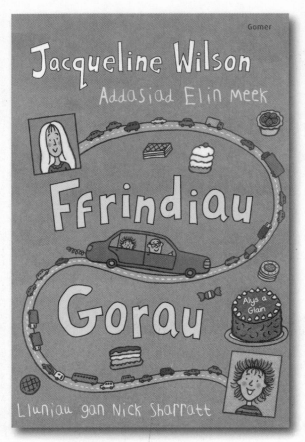

Mae Alys a Glain wedi bod yn ffrindiau gorau erioed.
Cawson nhw eu geni ar yr un diwrnod yn yr un ysbyty. Maen
nhw'n gweld ei gilydd bob dydd. Does dim gwahaniaeth fod
Glain yn dwlu ar rygbi a bod yn well gan Alys dynnu llun.
Mae Glain yn siarad fel pwll y môr, ond gwrando fydd Alys
fel arfer. Maen nhw'n rhannu popeth. Yna, un diwrnod, mae
Glain yn darganfod rhywbeth nad yw Alys yn ei rannu.
Cyfrinach. Ac ar ôl i Glain ddod i wybod beth yw'r
gyfrinach, dyw hi ddim yn siŵr a fydd hi ac Alys yn gallu bod
yn Ffrindiau Gorau Am Byth . . .

ISBN 1 84323 577 3   £5.99